K.

enrico ippolito

WAS ROT WAR

ROMAN

KINDLER

Originalausgabe
Veröffentlicht im Rowohlt Verlag, Hamburg, Oktober 2021

Satz aus der Parable bei hanseatenSatz-bremen, Bremen
Druck und Bindung GGP Media GmbH, Pößneck, Germany
ISBN 978-3-463-00009-1

Die Rowohlt Verlage haben sich zu einer nachhaltigen Buchproduktion verpflichtet. Gemeinsam mit unseren Partnern und Lieferanten setzen wir uns für eine klimaneutrale Buchproduktion ein, die den Erwerb von Klimazertifikaten zur Kompensation des CO_2-Ausstoßes einschließt. www.klimaneutralerverlag.de

FSC www.fsc.org
MIX
Papier aus verantwortungsvollen Quellen
FSC® C014496

WAS ROT WAR

TEIL 1

1

1

Mein Vater liegt begraben zwischen Lebensbäumen und deutschen Eichen. Als er vor vier Jahren starb, habe ich einfach mit meinem Leben weitergemacht, so als ob nichts passiert sei. Wenn die Menschen sagen, die Person lebe in einem weiter, man müsse nur täglich an sie denken, lügen sie. Mein Vater lebt nicht in mir weiter. Die Erinnerungen verblassen, wechseln zwischen Erfindung und Wahrheit. Die hässlichen Dinge, Dämonen, die alle Menschen in sich tragen, werden einfach weggewischt. Von einem Tag auf den anderen. Manchmal weiß ich nicht mehr, ob mein Vater wirklich so war, sich so verhielt, so aussah. Oder ob ich mir das alles nur ausdenke.

Ich sitze im Zug von Berlin nach Köln, mein Gesicht spiegelt sich in der von dreckigen Regentropfen bespritzten Fensterscheibe, es wirkt verzerrt. Ich schreibe in mein kleines grün marmoriertes Notizheft. Gedanken, Fragen. Auf der rechten Seite reihen sich gekritzelte Wörter. Was bedeutete der Kommunismus für meine Eltern? Warum hat meine Mutter nie mit uns darüber gesprochen? Und warum juckt mich das jetzt? Auf die linke habe ich mit Tesafilm ein Foto meines Vaters geklebt. Er wälzt sich in Militäruniform auf dem Boden, die Beretta in den Händen, die Locken kurz geschoren.

Nachdem mein Vater gestorben war, ordneten meine Mutter, meine Schwester und ich seine Sachen in der Wohnung. Wir durchsuchten sie wie Geier, die sich auf ihre Beute stürzen. Was interessierte uns seine Privatsphäre, er hatte keine mehr.

Seine Briefe lagen einsam in einer Schatulle, verstaut im Kleiderschrank meiner Eltern, wir ließen sie dort, ungelesen, ich habe meine Mutter nach dem Inhalt nie gefragt. Die vergilbten Fotos von früher, die ich in einer Schublade entdeckte, können mir heute nur als kleiner Teil des Ganzen dienen. Ich sehe darauf, er hatte einen Bart, schon als junger Mann. Ich sehe auch, er trug eine viereckige große Brille und meistens Anzüge. Ich sehe, wie er im Sommer sein Hemd unten zusammenknotete und den Blick auf seinen Bauch freigab.

Was ich ganz sicher weiß: Er war Kommunist. Das haben mir die vielen Fotos leise erzählt; die wehende Parteiflagge verschwommen im Hintergrund.

Was in meiner Schwester und meiner Mutter vorging, wusste ich nicht. Wir redeten nicht darüber, wir unterstützten uns zwar gegenseitig, aber wir sprachen nicht über unsere Gefühle. In unserer Familie neigen wir dazu, Dinge, die uns bis ins Mark erschüttern, mit uns selbst auszutragen. Stattdessen erzählen wir uns Geschichten.

Die Lieblingsgeschichte meiner Mutter ist, wie sie meinen Vater zum ersten Mal mit nach Palermo nahm, um ihn ihren Eltern vorzustellen, und er sich ungeschickt anstellte. Wir müssen jedes Mal lachen, wenn meine Mutter davon anfängt. Mein Großvater machte meinen Vater so nervös, dass er seinen Kaffee auf der Couch verschüttete. Zum Glück nahm meine Oma nie das Plastik von den Garnituren ab; das hätte sie nur getan, wenn der Papst oder Enrico Berlinguer persönlich vorbeigekommen wären.

Meine Schwester erinnert sich, wie sie mal als Achtzehnjährige meinen Vater fragte, ob ihr Freund bei uns übernachten dürfe. Seine Augen funkelten, wie die Zündschnur eines hochexplosiven Sprengsatzes. Ich hingegen habe eine Geschichte aus meiner Kindheit, sie begleitet mich schon mein ganzes Leben. Als ich fünf Jahre alt war, wollte ich unbedingt eine Puppe haben, eine dieser teuren, die sprechen und urinieren können. Ich hatte Angst, es meinen Eltern zu sagen. Mein Vater aber sah, wie ich im Kaufhaus immer diese eine dumme Puppe anstarrte. An meinem Geburtstag überreichte er mir ein Päckchen, ich riss das dunkelblaue Geschenkpapier auf und blickte in ein Mondgesicht mit leuchtenden Augen. Ich war glücklich.

So war mein Vater: Er hatte offenbar keine Angst, dass seine italienischen Genossen mich oder ihn verspotten könnten, oder es war ihm einfach egal. Ich war der einzige italienische Junge in Köln, der eine Puppe besaß, so schien es mir.

Während wir seinen Schrank ausräumten und fein säuberlich Hemden, Jacketts, Hosen aufs Bett legten, konnte ich die Tränen nicht zurückhalten. Bis dahin hatte ich noch nicht geweint – weder bei der Nachricht von seinem Tod noch bei seiner Beerdigung. Aber als ich seine Anzüge platt und leblos auf dem Bett liegen sah, überkam es mich.

Ich kenne so viele Geschichten über meinen Vater, aber nur wenige sind vollständig. Ich weiß, dass meine Eltern sich in der kommunistischen Schule kennenlernten, dass mein Vater später ein hoher Funktionär des PCI wurde und dass meine Mutter irgendwann mit der Partei nichts mehr zu tun haben wollte. Es ist eine Erzählung mit Ellipsen.

Jeden Abend sahen wir mit der ganzen Familie die italienischen Nachrichten, während des Essens, und mein Vater kommentierte die Lage Italiens. Ich konnte noch nichts mit PDS und L'Ulivo anfangen. Erst viel später verstand ich, dass die Kommunistische Partei zersplitterte, zu Partito Democratico della Sinistra wurde, in Democratici di Sinistra und irgendwann in Partito Democratico aufging. Ich kann mich noch an den Schnurrbart eines Politikers erinnern, der immer überall auftauchte und mit allen Parteien irgendwas zu tun hatte. Meine Mutter seufzte jedes Mal, wenn sie ihn im Fernsehen sah, als ob er böse Erinnerungen wachrufen und sein Anblick unsere Familie in die Krise stürzen würde. Ich habe meine Eltern nie gefragt, wer dieser Mann war, es hat mich nicht interessiert.

Als wir Kinder waren, versuchte meine Mutter, uns vor dem Bösen zu beschützen, aber die Welt da draußen flößte uns all ihre Unsicherheiten und vorgefertigten Konzepte ein. Ich habe viele Diagnosen, die ich mir selbst gestellt habe. Angststörung. Fomo. Panikattacken. Körperdysmorphe Störung. Die Unfähigkeit, ein Zugehörigkeitsgefühl zu entwickeln.

Ich bin auf dem Weg zu meiner Mutter. Einmal die Woche reden wir am Telefon, für zwei Minuten. Seit ich in Berlin wohne, weiß ich nichts über ihr Leben. Die Luft im Zug schnürt mir die Kehle zu. Ich trommele mit der Hand auf den Tisch, spüre den Blick meines Sitznachbarn, es nervt ihn, er sagt nichts. Ich habe die großen Kopfhörer auf, die jegliches Geräusch von außen unterdrücken. Ich schaue mir Fotos auf Instagram an. Mein Daumen streicht nach oben, ich nehme mir pro Foto nicht mal eine Sekunde Zeit. Nachdem ich den ganzen Feed gesehen habe, scrolle ich hoch und sehe mir die Storys an. Männer, die sich halbnackt zeigen. Männer, die ihren Schwanz durch Jogginghosen zur Schau stellen. Männer, die nackt auf ihrem Bett liegen und ihren Schwanz mit Emojis, meistens der Aubergine, verdecken. Ärsche von Männern, behaarte, smoothe, fleischige, kleine, runde, rasierte, wabblige, feste, Pfirsichärsche. Und mindestens zwanzig Männer, die obligatorische Sportstudio-Selfies posten. #Gay #Gymprogress #VPL und manchmal auch #InspirationalDay. Gelangweilt lege ich das Handy zur Seite.

Ein letzter Blick auf mein Notizbuch. Nach knapp fünf Stunden bin ich am Kölner Hauptbahnhof angekommen.

«Ciao, Amore.»

Ich blicke auf. Meine Mutter steht am Breslauer Platz und winkt mir zu. Ich lächele und gebe ihr einen Kuss. Trauer flackert in ihrem Blick.

Im Auto machen wir Smalltalk. Wie läuft die Uni? Geht es dir gut? Hast du endlich einen Freund gefunden? Das Übliche. Wir sprechen ein bisschen über Rosa, meine Schwester, die bald zu Besuch aus Italien kommen wird, mit Kind und Mann. Die Stimme meiner Mutter ist brüchig.

Nachdem ich meine Sachen im Gästezimmer verstaut habe, gehe ich zu ihr in die Küche. Sie steht am Herd.

«Was ist los?» Ich blicke ihr in die Augen.

«Lucia ist tot. Ich habe es gestern erfahren.»

«Wer ist Lucia?»

Ich setze mich in ihr Wohnzimmer. Es ist nicht die Wohnung, in der ich aufgewachsen bin. Ich warte in einem Raum, der einer fremden Person gehören könnte, während ich den Kaffee hochsteigen höre.

Auf einem der Fotos, die ich nach dem Tod meines Vaters in der Schublade fand, tauchte eine mir unbekannte Frau auf. Ich suche auf meinem Handy nach dem Bild, das ich damals abfotografiert habe. Nach einer Weile finde ich es. Im Zentrum der Aufnahme sehe ich sie. Sie hat lange, schwarze Haare, eine perfekte konkave Nase. Ihre Augen erinnern an eine Katze, sie scheinen niemals den Blick abzuwenden. Die Augenbrauen sind auf geheimnisvolle Weise geschwungen. Die Lippen rot und voll. Ich schaue auf die abfotografierte Rückseite des Bildes, lese in der feinen, schwankenden Handschrift meiner Mutter: *Istituto di Studi Comunisti Palmiro Togliatti, Frattocchie, 1978. Antonio, Lucia und ich.*

Beim ersten Betrachten des Fotos hatte ich nur auf meinen Vater geschaut. Ich wollte, dass das Bild mir etwas über ihn erzählte. Ich wollte ihm näher sein. Jetzt kann ich den Blick nicht von dieser Frau abwenden. Es ist, als ob ich sie schon mal gesehen habe.

Meine Mutter stellt das Tablett mit den Espressotassen auf dem runden Glastisch ab, setzt sich in den gegenüberliegenden Sessel.

«Warum hast du mir nie von ihr erzählt?», frage ich.

«Es ist eine lange Geschichte.»

2

1978, PALERMO

Der Brief lag einsam auf der Kommode, in einer mit rosa Kaktusfeigen bemalten Porzellanschale. Cruci konnte ihre Aufregung nicht verbergen. Das Kuvert war geöffnet, was bewies, jemand kannte den Inhalt schon. Ihre Mutter erlaubte ihr nicht, den Brief anzurühren. Nicht, bis ihr Vater zu Hause war.

Cruci hielt es nicht mehr aus. Sie lief in die Küche, wo ihre Mutter das Essen vorbereitete, die Schürze mit den Umrissen ihrer Insel straff um die Hüfte gebunden. Cruci verstand, es war sinnlos, ihre Mutter noch mal zu bitten. Also schwieg sie.

Auf dem Tisch standen die Zutaten: Hack, halb und halb, geräucherte Provola, altes Brot am Stück, Eier, Salz, Parmesan, Petersilie, Thymian und Minze. Die Mutter bereitete Crucis Lieblingsessen zu. Den Polpette fügte sie immer etwas Minze hinzu, schon ihre Großmutter hatte es so gemacht, und Cruci würde es später auch so machen.

Sie setzte sich zu ihrer Mutter an den massiven Holztisch, in den Crucis jüngere Brüder ihre Initialen geritzt hatten. Vor ihnen stand eine große Glasschüssel. Ihre

Mutter begann, vom alten Brot die Kruste abzuschneiden, Cruci hatte die Reibe schon in der Hand, nahm die Brotstücke entgegen und rieb Brösel in die Schüssel. Ihre Mutter hackte die Petersilie, den Thymian, die Minze und legte die Kräuter in den Holzmörser, zerstieß alles ordentlich, bis es vermengt war. Mit einem Löffel gab sie die grüne Paste in die Schüssel. Cruci schlug mit einer Gabel zwei Eier auf und mischte sie hinein.

Jetzt begann der Teil, den Cruci am liebsten mochte. Ihre Mutter hatte das Hack schon in die Schüssel gegeben, Cruci lief zum Wasserhahn, wusch sich die Hände, trocknete sie gut ab, setzte sich zurück an den Tisch und begann, alles zu vermengen. Sie liebte es, wenn das Fleisch mit den anderen Zutaten in ihren Händen zu einer Paste wurde, wenn Dinge, die eigentlich getrennt voneinander existierten, eins wurden. Sie machte eine Faust in dem Hack und spürte, wie das Eigelb ihre Hände benetzte. Sie knetete und knetete. Sie wollte den Erfolg sehen.

Cruci und ihre Mutter sprachen kein Wort. Jede hatte ihre Rolle, kannte sie auswendig. Fast hätte Cruci den Brief vergessen. Während sie weiter knetete, erhitzte die Mutter auf dem Gasherd schon den Topf mit dem Sonnenblumenöl. Sie kam zurück an den Tisch, und gemeinsam begannen sie, kleine Bällchen zu formen.

Der Duft von Frittieröl mischte sich mit der Minze, gleich würde die ganze Wohnung danach riechen. Ihre

Mutter legte die Fleischbällchen in den Topf, eins nach dem anderen.

Cruci erhob sich. Ihre Arbeit war getan.

Sie ging in das Zimmer, das sie sich mit ihren zwei Brüdern teilte, und legte sich auf ihre Pritsche. Um sich abzulenken, griff sie nach Natalia Ginzburgs «Familienlexikon» und begann zu lesen. Die Geschichte wühlte sie auf. Die Welt der Familie Levi erschien ihr so bedeutsam. Während ihre eigene Familie einfach nur war wie alle anderen hier im Viertel.

Ihre Brüder zogen sie immer damit auf, dass sie, wenn sie nicht gerade im Haushalt half, ständig ein Buch in den Händen hatte. Doch heute konnte sie sich nicht konzentrieren, die Wörter verschwammen vor ihren Augen, setzten sich nicht in ihren Gedanken fest. Cruci überlegte, ob sie sich den Briefumschlag noch mal genauer ansehen sollte, vielleicht stand doch ein Absender drauf?

«Crocifissa», rief die Mutter durch die Wohnung und betonte das Doppel-S in ihrem Namen. Das tat sie immer, wenn sie etwas von ihr wollte. Sie zog ihren Namen dann wie Kaugummi. «Komm und deck den Tisch!»

Cruci stand auf, lief an dem Schlafzimmer ihrer Eltern und dem kleinen Bad mit dem Eimer voll dreckigem Badewasser vorbei in die Küche.

«Da bist du ja», sagte ihre Mutter ungeduldig.

Cruci entfaltete die Tischdecke mit den kleinen orangen Karos und den eingenähten Champignon-Motiven. Sie nahm fünf Teller aus der Holzanrichte, die sie von der Familie ihres Vaters geerbt hatten, und deckte zügig, aber sorgfältig den Tisch.

«Mist. Cruci, ich habe den Wein vergessen. Läufst du schnell zu Corrado und holst eine Flasche?»

Cruci wusste, es war keine Bitte. Sie lief aus der Küche, an der Porzellanschale vorbei, drehte sich noch mal kurz um und verließ dann die Wohnung.

Sie ließ das weißgraue Gebäude mit den kleinen Balkonen hinter Eisengittern und den Holztüren, die zu den Küchen der anderen Wohnungen führten, hinter sich. Cruci liebte Albergheria, ihr Viertel, für seine vielschichtige Persönlichkeit. Von der Via Carlo Forlani bog sie in die Via Giovanni di Cristina ab. Die Sonne schien auf die halbrunde, terrakottafarbene Kuppel von San Giovanni degli Eremiti. Als Kind hatte ihre Mutter ihr alles über die Kirche erzählt, ein normannischer Bau, dort, wo vorher eine Moschee gethront hatte, die wiederum aus einer byzantinischen Kapelle hervorgegangen war. Cruci kniff die Augen zusammen, um den Blick nicht abwenden zu müssen. Um die ganze Pracht aufnehmen zu können.

Sie bog rechts in die Via Andrea Veschio ab, lief an dem Herrenfriseursalon vorbei, in dem ihr Vater sich seinen Seitenscheitel kämmen ließ, dem Haushaltswarengeschäft, wo ihre Mutter alles kaufte, weil, wie sie stets betonte, nur arme Leute auf den Markt gingen. Ihr Vater hatte früher in einer der Schwefelbergbau-Fabriken Siziliens gearbeitet, die Arbeit brachte Geld nach Hause, bis immer mehr Fabriken wegen der Konkurrenz aus den USA geschlossen wurden. Nun half er ab und zu auf dem Markt aus, genau wie Crucis Brüder, sie mussten alle arbeiten, ihre Mutter verrichtete Näharbeiten in der Nachbarschaft, und Cruci half ihr dabei.

Ihre Gedanken wanderten immer wieder zurück zu dem Brief, konnte es die Antwort auf ihre Bewerbung sein? Sie hatte so lange darauf gewartet, es erschien ihr unwirklich, dass er jetzt da lag.

Sie lief weiter die Straße runter, bis sie den Markt Ballarò erreichte. Obwohl es der kürzere Weg gewesen wäre, hatte sie keine Lust, ihn ganz zu durchqueren. Sie wollte ihrem Vater nicht bei der Arbeit begegnen, außerdem müsste sie dann an jedem zweiten Stand anhalten, um kurze, nichtige Gespräche zu führen. Stattdessen ging sie nur ein Stückchen die Straße hoch und bog dann schnell in die Via del Bosco ab.

Vor ihr erschien die Chiesa del Gesù. Allein der Gedanke an den Innenraum der Kirche ließ Cruci erschaudern. Wie viel das Gold heute wohl wert wäre? Würde es ausreichen, um das ganze Viertel zu restaurieren? Würden alle Menschen in Albergheria davon profitieren und unter besseren Bedingungen leben können? Jedes Mal, wenn sie an die Kirche dachte, kamen ihr diese Fragen.

An der nächsten Kreuzung lief sie über die Straße, ohne auf die Autos zu achten, sie passten sich ihrer Geschwindigkeit an. Ein Fahrer hupte laut, Cruci würdigte ihn keines Blickes und hob nur die Hand – nicht, um sich zu entschuldigen, sondern um zu sagen: «Was willst du eigentlich? Lass mich in Ruhe.»

Sie bog links in die Via Maqueda ein und sah Corrado schon von weitem lautstark mit jemandem vor seinem Geschäft sprechen. Den Mann hatte Cruci noch nie gesehen, er musste aus einem anderen Viertel kommen. Als Corrado sie erkannte, lächelte er so breit, dass sein weißer Schnurrbart fast die Augenwinkel erreichte.

«Cruci, schön, dich zu sehen. Deine Mutter hat den Wein vergessen, was? Warte, ich hole die Flasche. Was feiert ihr denn eigentlich?» Corrado lief schon in seinen Laden, ohne die Antwort abzuwarten.

«Ich weiß es auch nicht», rief sie ihm hinterher.

Sie spürte, wie der Blick des anderen Mannes auf ihr ruhte. Er lächelte sie an, auf eine Art, die Cruci von älteren Männern kannte: nicht bedrohlich, aber so, dass die Machtverhältnisse sofort geklärt waren. Er war älter und ein Mann, sie war in seinen Augen nur ein Mädchen.

Corrado kam aus dem Laden zurück. «Nimmst du mir die Flasche ab?»

Sie nahm die Plastiktüte entgegen, rief Corrado ein «Ciao» zu und lief nach Hause.

«Mama, was steht in dem Brief?», fragte Cruci, als sie die Flasche auf dem Tisch abstellte.

«Sei nicht so neugierig, mein Schatz. Hol lieber deine Brüder rein. Papa ist gerade gekommen.»

Cruci gab ein leises «Pff» von sich und ging zum Balkon.

«Gianni, Giorgio, kommt rein», rief sie über den Innenhof. Neben sich hörte sie ihre Nachbarin die Wäsche auf die Leine hängen.

«Guten Abend, Frau Rizzo.»

«Hallo Cruci, geht es dir gut? Grüß deine Mutter schön.»

«Ja, mach ich.»

Sie lief in die Küche zurück, wo ihr Vater schon am Tisch saß. Der Saum seiner grauen, fleckigen Hose war leicht hochgerutscht.

«Wie war die Arbeit?» Sie gab ihm einen Kuss auf die rechte Wange.

Ihr Vater senkte den Kopf. «Willst du nicht lieber wissen, was in dem Brief steht?»

Er hielt den Umschlag in die Höhe, zog das Schreiben heraus, Cruci sah die Tinte auf der Rückseite des Papiers, aber entziffern konnte sie nichts.

Ihr Vater überflog die Zeilen, dann blickte er sie lange an. Er erhob sich von seinem Platz. Trat zu ihr, nahm sie in den Arm und gab ihr einen Kuss auf die Stirn.

«Was steht denn drin?» Ihr Herz pochte laut.

«Wann gibt es was zu essen?», fragten Giorgio und Gianni, die jetzt in die Küche gestürzt kamen.

«Geht euch lieber die Hände waschen», sagte der Vater.

Sein weißes Unterhemd gab den Blick auf seine behaarten Schultern frei.

«Alle zu Tisch», sagte Crucis Mutter, und die einzelnen Familienmitglieder begannen, sich an ihre Plätze zu setzen. Crucis Vater am oberen Tischende, Gianni ihm gegenüber, Cruci und Giorgio an den Seiten. Crucis Mutter brachte das Essen, setzte sich links neben ihren Mann. Er schenkte sich und seiner Frau ein Glas Rotwein ein. Cruci konnte den Gesichtsausdruck ihrer Mutter nicht deuten.

«Paolo Rossi ist eine Bombe», rief Giorgio.

«Was redest du, Gio? Gai Scirea ist der Beste von allen», widersprach sein Bruder.

Ihre Mutter stand noch mal auf, um altes Brot zu holen, drehte sich kurz um, und Cruci bildete sich ein, Freude in ihren Augen zu erkennen. Ihr Vater tippte seinen beiden Söhnen auf die Schulter.

«Schluss jetzt. Hört auf, über Fußball zu reden.»

Zum ersten Mal sah Cruci ihren Vater so. Es herrschte ungewöhnliche Stille in der Küche, selbst ihre Brüder machten keine albernen Bemerkungen mehr.

«Anna, ab heute wird unsere Tochter nur noch Großes vollbringen. Sie wird die Partei und den Kommunismus stark machen. Unsere Cruci ist die Hoffnung dieses Landes.»

Cruci konnte nicht schlafen, sie drehte sich im Bett von einer Seite auf die andere. Als Erste aus ihrer Familie würde sie die kommunistische Schule in Frattocchie besuchen. Der Schule, die Hoffnungsträger zu Funktionärinnen und Funktionären ausbildete und auf die Arbeit in der Parteizentrale vorbereitete.

Als der lokale Parteiverein Cruci vor sechs Monaten

für einen Platz in Frattocchie vorgeschlagen und ihr ein glühendes Empfehlungsschreiben ausgestellt hatte, hätte sie niemals damit gerechnet, angenommen zu werden. Sie wusste, worauf ihre Eltern alles verzichtet hatten, damit sie überhaupt zur Schule gehen konnte. Hoffentlich waren sie wirklich stolz auf sie. Aber beim Essen hatte es so ausgesehen.

Cruci lächelte im Dunkeln. Wie würde es sein, Palermo zu verlassen? Frattocchie lag in der Nähe von Rom, weit weg. Bis auf ihre Familie hielt sie hier nichts. Für Freundinnen hatte sie keine Zeit, zwischen Schule, Partei und ihrer Mutter im Haushalt helfen, konnte sie sich nicht noch mit Tratsch beschäftigen. Und überhaupt: Was brachte es zu wissen, wer mit wem ausgegangen war? Wer wen geküsst hatte? Sie war sicher, die anderen fanden sie langweilig, vielleicht seltsam, aber Cruci störte das nicht. Sie hatte im letzten Jahr ein Ziel gehabt, und jetzt hatte sie es erreicht. Sie würde Palermo verlassen, das sorgte in den nächsten Monaten für genug Gespräche in der Nachbarschaft. Sie war glücklich und erschöpft. Endlich schloss sie die Augen und schlief ein.

Am nächsten Morgen klopfte es an der Zimmertür, Gianni und Giorgio waren schon aus dem Haus. Sie lag auf ihrem Bett, ihr Buch in den Händen.

«Herein.»

Ihr Vater betrat den Raum, sie setzte sich auf, ihre Füße berührten den kalten Fliesenboden.

«Papa, warum hast du angeklopft?»

Er ließ sich auf dem Bett ihres Bruders nieder. «Crocifissa, du wirst bald ein Jahr weg sein. Und ich wollte ...»

Er machte eine zu lange Pause, suchte nach den richtigen Worten, was ihr ein wenig Unbehagen bereitete.

«Tja, du weißt, es ist eine große Ehre, für Frattocchie ausgewählt zu werden. Und es werden auch, na ja, also es werden auch Männer da mit dir leben, und ich wollte –»

Crucis Schrecken löste sich. Sie verstand, worauf ihr Vater hinauswollte.

«Papa, du musst dir keine Sorgen machen. Ich gehe dorthin, um zu lernen. Ich will alles über die Geschichte unseres Landes und die Arbeiterbewegung erfahren. Ich will nichts tun als das. Da bleibt keine Zeit für ...»

«Nun ja ... Aber du musst wissen, es kursieren viele Gerüchte über die Schule, und ich will nur sichergehen, dass –»

«Ich habe keine Zeit für so etwas. Der einzige Mann, für den ich mich interessiere, ist Enrico Berlinguer.»

Nachdem sie es gesagt hatte, fingen beide an zu lachen.

«Ist gut, ich will einfach nur, dass du dort endlich Antworten auf all deine Fragen bekommst. Antworten, die ich dir in letzter Zeit nicht mehr geben konnte.»

Er sah ein bisschen traurig aus, als er das sagte.

Sie legte ihren Kopf auf seine Schulter, so saßen sie eine Weile da.

Als ihr Vater das Zimmer verlassen hatte, zog sie den Brief unter dem Kopfkissen hervor, um ihn ein weiteres Mal zu lesen. Aus der Nachttischschublade holte sie ihr Notizheft heraus, in das sie sich in letzter Zeit verschiedene politische Fragen aufgeschrieben hatte. Sie schlug die erste Seite auf und begann zu lesen: Warum etablierte der Chef des Partito Comunista Italiano, Enrico Berlinguer, den Eurokommunismus und distanzierte sich von der Sowjetunion? War der historische Kompromiss eine Art Verrat der kommunistischen Werte? Warum haben die Roten Brigaden den Ministerpräsidenten der Democrazia Cristiana, Aldo Moro, gehasst, aber nicht Berlinguer?

Schnell schlug sie das Heft wieder zu und verstaute es in der Nachttischschublade. Als ob sie Angst hatte, dass ihre Gedanken sich hier und jetzt verselbständigten, je länger die Seiten aufgeschlagen vor ihr lagen. Würde sie ihre Antworten bekommen? Cruci wollte daran glauben, aber sie spürte auch eine leichte Unruhe.

Für Crucis Vater bedeutete die Zusage eine Chance, die ihm selbst trotz seines Partei- und Gewerkschaftsengagements immer verwehrt geblieben war. Cruci musste ihm und allen anderen beweisen, dass es richtig gewesen war, auf sie zu setzen. Sie durfte niemanden enttäuschen.

Und obwohl sie den Druck spürte, konnte sie nicht anders, als zu lächeln. Sie würde Palermo verlassen, das erste Mal in einem fremden Bett schlafen. Sie hoffte, dass sie ein eigenes Zimmer bekäme, nur für sich. Und sie würde die Mitte Italiens kennenlernen, wo die Dinge vielleicht ein bisschen besser liefen als hier.

Ob sie dort auch das Klo mit altem Badewasser ausspülen mussten? Cruci versuchte, den Gedanken abzuschütteln, er erschien ihr banal. Was bedeutete schon Wassersparen, wenn die großen kommunistischen Lektionen auf sie warteten?

3

Am Tag der Abfahrt hatten ihre Eltern und Brüder Cruci zum Bahnhof begleitet, alle sichtlich aufgeregt, die Brüder brachten kein Wort heraus. Cruci hatte ihr bestes Kleid angezogen, das mit der weißen Spitze am Hals, und lief neben ihrem Vater vorneweg, er hatte sich einen Tag freigenommen.

Cruci dachte daran, was für ein Bild sie abgäben, was die Nachbarn von ihnen denken würden, wenn sie ihre Familie in dieser kleinen Prozession sähen. Ihr Vater hatte sich sogar seinen feinen Hut aufgesetzt. Er trug ihren schwarzen Koffer.

Der Wirbel am Hauptbahnhof ließ Cruci keine Zeit zum Nachdenken, es passierte alles so schnell. Die letzten Erinnerungen, die sie mit auf den Weg bekam, waren, wie die anderen dem Zug hinterherwinkten, sie selbst den Kopf aus dem Fenster streckte, das Haar vom Fahrtwind zerzaust, und ihre Mutter sich ein Stofftaschentuch an den Augenwinkel hielt.

Von Palermo nach Rom hatte es über vierzehn Stunden gebraucht. Aber es hatte ihr nichts ausgemacht, im Gegenteil: Alleine im Zug zu sitzen, war für sie schon ein Abenteuer. Sie hatte sich nicht an der Hitze gestört, an den Privatgesprächen der Mitreisenden, an den Gerüchen von frittierten Arancine und Parmigiana, die während der Mittagszeit ausgepackt wurden. Selbst der Zigarettenrauch war ihr egal.

Schon nach fünf Minuten hatte Cruci ihre Bücher aus der Ledertasche gezogen: «Ökonomisch-philosophische Manuskripte», «Il Risorgimento», «Staat und Revolution». Verblasste Ausgaben, die sie sich beim Ortsverein ausgeliehen hatte. Sie legte sie sorgsam auf den kleinen Tisch vor sich und begann zu lesen.

Sosehr sie sich bemühte, sich auf die Lektüre zu konzentrieren, ihre Gedanken schweiften ab, wenn sie sich zwischendurch erlaubte, aus dem Fenster zu schauen. Sie waren an Cefalù, Messina vorbeigefahren, an Sapri und Neapel. Die Landschaft hatte sich kontinuierlich verändert, von den hohen trockenen Bergen zu der saphirblauen Meerenge, die Sizilien und Kalabrien trennte. Das Dunkelgrün des Waldes, die marode Industrie Kampaniens. An der Werft vorbei, den Fabriken für die Aluminium- und Autoherstellung, der Erdölraffinerie. Alles Anlagen, die an der Küste zwischen Salerno, Caserta und Neapel lagen.

Noch nie hatte Cruci so viele Menschen auf einmal gesehen wie auf Bahnsteig 5 von Roma Termini, sie warteten auf den einfahrenden Zug, in dem sie saß. Cruci beobachtete die Menge vom Fenster aus. Irgendwie sahen die Menschen hier anders aus.

Sie kannte niemanden aus dem Süden, der es jemals nach Rom geschafft hatte, konnte sich an keiner Geschichte festhalten, die ihr eine Ahnung davon gab, wie es hier für sie sein würde.

Cruci nahm Tasche und Koffer und stieg aus. Sie wollte so schnell wie möglich das vulgäre Bahnhofsgebäude hinter sich lassen. Die vielen Stimmen, die Abgase, die schlechte Luft.

Der Kontrolleur im Regionalzug würdigte sie keines Blickes, er sah nur kurz auf ihren Fahrschein und nickte. Sie nahm ganz hinten Platz, dort war sie ungestört, konnte alles aufnehmen, was um sie herum geschah. Mütter mit Kinderwägen, Männer in Anzügen, die hektisch an ihren Taschen fummelten, Schülerinnen, die so viel älter wirkten als sie.

An der Haltestelle in Frattocchie stieg Cruci aus, um die letzten Meter zu Fuß zu gehen. Der Weg führte an Oleandersträuchern vorbei, die hoch emporragten und deren Blüten sich in alle Richtungen streckten. Cruci fuhr mit der Hand durch die rosafarbene Pracht.

Sie lief die Via Antonio Gramsci hoch, bog in die Via Ercolare ein, eine Straße gesäumt von Mittelmeerkiefern, und dann in die Via Appia.

Sie dachte zurück an den Küchentisch in Palermo: wie ihre Eltern dagesessen und ihre ganze Hoffnung auf sie übertragen hatten. Sie hatte nur gelächelt. So wie jetzt, als sie die Schule erreichte, in der sie das ganze nächste Jahr studieren würde. *Istituto di Studi Comunisti Palmiro Togliatti* stand auf einem Schild an dem großen Eingangstor.

4

1978, ROM

Lucia blickte auf die Dächer ihrer Stadt. Auf Sant'Andrea della Valle mit ihrer Kuppel, der drittgrößten Roms, auf der die sternförmige Sonne mit dem Kreuz thronte. Ihr Vater hatte sie oft in diese Kirche mitgenommen, sie liebte besonders den Hauptaltar mit den Fresken, die von der Kreuzigung, dem Martyrium und dem Begräbnis des heiligen Andreas erzählten. Wie ein Comic, das in die Apsis eingeritzt ist, dachte sie. Apostel Andreas hatte die Frau des Statthalters geheilt, bekehrt und zu ehelicher Enthaltsamkeit erzogen; der Statthalter befahl daraufhin seine Züchtigung mit Ruten und später die Kreuzanbindung.

Lucia rauchte ihre Zigarette, heimlich, um nicht von der Mutter erwischt zu werden. Sie hatte sich in der hintersten Ecke der Dachterrasse zwischen den Blumenkübeln verkrochen, dort wo kein Licht hinfiel, wo sie für sich war. Hastig stieß sie den Rauch aus und nahm neue Züge, nach jeder Ausatmung wedelte sie den Qualm weg, als ob er sich so nicht in ihren Haaren, ihrer Kleidung, auf ihrer Haut festsetzen würde.

Sie steckte sich ein Kaugummi in den Mund und verließ die Terrasse, schloss die Tür hinter sich, der Straßenlärm ihres Viertels Monti verstummte. Sie durchquerte das Wohnzimmer mit den hohen Bücherregalen und dem Kunstdruck des «Quarto Stato» an der Wand, eines rötlich schimmernden Gemäldes, das Arbeiterinnen und Arbeiter zeigte, die aus der Dunkelheit hervortraten. Sie schauten Lucia direkt an, nicht bittend, sondern fordernd.

Lucia ging kurz ins Bad, tupfte sich ein bisschen Zahnpasta auf die Zunge, die Minze kitzelte am Gaumen. Sie spülte sich den Mund aus, spritzte sich kaltes Wasser ins Gesicht, ging in die Küche.

Sie hörte, wie die Haustür aufging. Ihr Vater trat in dunklem Anzug und Krawatte in die Wohnung, stellte seine Aktentasche ab, umarmte seine Tochter, gab ihr einen Kuss auf die Wange, schaute sie an. Kurz dachte Lucia, er könne den Rauch riechen, und auch wenn sein Gesicht nichts verriet, fühlte sie sich ertappt.

Wortlos ging er in die Küche, küsste seine Frau ebenfalls, goss sich ein Glas Wein ein, ein Tropfen fiel auf die Tischdecke und breitete sich aus, doch es schien ihn nicht zu stören. Lucia überlegte, ob sie schnell grobes Salz, Natron, einen in heißes Wasser getränkten Lappen holen sollte, damit der Fleck sich nicht auf der weißen Stofftischdecke ausbreitete und später für ihre Mutter leichter auswaschbar wäre.

«Das riecht fabelhaft», sagte ihr Vater.

Seine Frau lächelte.

Am Tisch erzählte er von seinem Tag in der kommunistischen Parteizentrale, dem Bottegone, wo er arbeitete. Es gab momentan kein anderes Thema als die Roten Brigaden und die Entführung und anschließende Ermordung Aldo Moros, des christdemokratischen Politikers. Eins der ersten Fotos aus seiner Gefangenschaft, platziert vor der Fahne der linken Terrorgruppe, war schon ikonographisch geworden. Vielleicht lag es an Moros Mona-Lisa-Lächeln, seinem Schmunzeln, das ausdrückte: «Ihr könnt mir nichts anhaben.» Aber offenbar hatte das nicht gestimmt. Es war eher ein Schrei nach Hilfe gewesen, der sagte: «Tut alles, was ihr könnt, und holt mich hier raus!»

Am 9. Mai 1978 war Moro nach 55-tägiger Geiselhaft im Kofferraum eines roten Renault 4 in Rom, nahe der Parteizentrale des PCI und derjenigen der Democrazia Cristiana, tot aufgefunden worden.

«Sie ruinieren unser Land und die nationale Sicherheit! Allesamt einsperren müsste man die, und zwar sofort. Wir müssen als Partei eisern dagegen vorgehen.»

Lucia verspürte ein Ziehen im Magen. Es wurde für sie immer unerträglicher, wenn ihr Vater so sprach.

Ihre Mutter erhob sich vom Tisch, um mehr Essen zu holen, der Teller ihres Mannes war leer. Ihr Lächeln war gefroren, wie immer, wenn es um Politik ging.

Lucia schüttelte den Kopf. «Papa, die Radikalisierung der Roten Brigaden wurde durch Berlinguers historischen Kompromiss vorangetrieben. Viele in der Partei wollten ihn nicht, aber sie wurden einfach ignoriert.»

«Nein, Lucia, Berlinguer hat gemacht, was er machen musste. Es war keine leichte Entscheidung, aber er wollte durch die Zusammenarbeit mit den Christdemokraten den autoritären Strömungen unseres Landes entgegenwirken. Jetzt wird er dafür von allen Seiten kritisiert. Er soll gierig nach Macht sein, das werfen sie ihm vor, und ideologischen Verkauf. Was für ein Unsinn. Dass die Linke in Italien so gespalten ist, ist Schuld der Terroristen, nicht der Partei – das dürfen wir nicht vergessen.»

Lucia schaute auf den Weinfleck. Drei rote Punkte, die ein perfektes Dreieck bildeten. «Die Partei und Berlinguer haben die Studenten und die radikale Arbeiterbewegung verraten, sie als Terroristen beschimpft und so den Anschluss an die junge Generation verpasst. Das wissen alle.»

«Was sollen sie denn sonst sein außer Terroristen? Schau dir an, was sie mit unserem Land gemacht haben. Niemand steht mehr auf ihrer Seite. Das ist doch der wahre Skandal: eine Minderheit, die sich über alles hinwegsetzt und die Demokratie umstürzen will. Das sind Terroristen und nichts anderes.» Er nahm einen kräftigen Schluck Rotwein.

Lucia seufzte. Sie hasste es, wenn ihr Vater in seiner allwissenden Art mit ihr sprach. Ihre Mutter schwieg, ließ den Blick zwischen Mann und Tochter kreisen, hörte zu oder träumte sich fort.

Lucia hätte sie am liebsten geschüttelt, ihr gesagt, sie solle endlich sprechen, eine Meinung äußern, weil sie diese gern hören würde. Dann fiel ihr ein, dass sie es bis vor kurzem selbst so gemacht hatte. Schweigend hatte sie am Tisch gesessen, während ihr Vater endlose Vorträge hielt, über seinen Arbeitstag redete, Pläne für die Familie schmiedete. Es war ihr Ritual bei jedem Essen. Sie hörten zu, er redete.

Aber etwas hatte sich verändert. Viele von Lucias Freunden hatten sich schon früh den Protesten angeschlossen, sie waren älter, studierten bereits, hatten die Besetzung der Universität mitgemacht, gegen die Polizei gekämpft, sich blutige Gesichter und blaue Flecken zugezogen. Damals stand die Kommunistische Partei noch auf ihrer Seite, sie hatte sich sogar von Pasolini distanziert, weil er angeblich der Polizei nahestand, was sich am Ende als falsch herausgestellt hatte. Jetzt war Pasolini tot, sein Blut vermischt mit dem Sand von Ostia. Er war mehrfach überfahren worden, mit seinem eigenen Auto, die Knochen gebrochen, die Hoden von einer Metallstange zerquetscht, sein schmaler, zarter Körper mit Benzin übergossen, angezündet. Er war in Flammen aufgegangen. Sein wunderschönes Gesicht war kaum noch erkennbar. Er, der bis zum Ende an die Kommunistische Partei geglaubt hatte.

Inzwischen hatte die Partei ihren Kurs geändert: zu viele Ermordete, die Gewalt eskaliert, die Stimmung im Land gekippt. Die Roten Brigaden verloren an Zuspruch.

Sie sah, wie ihre Mutter die Linien des Weinflecks mit dem Finger nachzeichnete. Vielleicht dachte sie darüber nach, wie sie die Decke später mit Zitrone behandeln würde, bevor sie mit Bleiche in die Waschmaschine käme. Vielleicht hoffte sie auch, dass der Fleck von alleine rausging. Oder es war ihr egal.

«Ach, Lucia, bevor ich es vergesse.» Ihr Vater reichte ihr einen Umschlag.

Lucia sah ihn an, er wirkte müde, die Falten schienen sich tiefer in sein Gesicht einzugraben, die Augenringe waren dunkler, das Haar lichter.

Lucia öffnete das Kuvert, und da stand es schwarz auf weiß:

«Für das akademische Jahr 1978 akzeptieren wir die Genossin Lucia De Luca am Istituto di Studi Comunisti Palmiro Togliatti.»

«Endlich», sagte sie, stand auf und begann, den Tisch abzudecken.

5

Lucia verließ die Wohnung, lief durch die Gassen, vorbei am Kolosseum, am Circus Maximus und der Pyramide. Die Straßen wurden immer dunkler und verwinkelter. Sie überquerte die Tiber-Brücke, sah die letzten Halunken, die noch versuchten, ein paar Touristen abzuzocken; die Straßenverkäufer, deren Schweiß aufs Essen tropfte; Diebe, die sich ihr Gut teilten; Kinder, die mit einem halb aufgepumpten Fußball spielten; Homosexuelle, die nach einer kurzen Liebe suchten. Schwarze Männer, die an der Brücke lehnten; Wahrsagerinnen, die mit falschem Akzent sprachen; Frauen, die über ihre Männer tratschten. Nirgendwo fühlte sie sich so sicher wie hier. Sie liebte den Verfall, das widerspenstige Kopfsteinpflaster, die degenerierte Architektur, die heruntergekommenen Ecken.

Sie hätte ihre Stadt am Geruch erkannt. Die Meeresbrise, die Rom immer umwehte, der Smog, der strenge Duft nach Jasmin, der Gestank der toten Fische auf dem Markt, das Parfüm der Menschen, der frische Tau. Es war ihre Stadt, ihr Geruch, ihr Zuhause. Der Ort, an dem sie alles erlebt hatte: ihre ersten Küsse, ihre ersten Demonstrationen, ihre erste Bekanntschaft mit der Partei.

Mario saß schon am Tresen, die Zigarette lose im Mundwinkel. Sein dunkler, dichter Schnurrbart verbarg die zierliche Oberlippe. Er wippte unkontrolliert mit dem Knie, drehte ständig den Kopf, um die Tür im Blick zu behalten.

Lucia schaute auf ihre helle Jeans, strich sich das T-Shirt, den Pferdeschwanz glatt. Sie setzte sich zu ihm und gab ihm einen Kuss zwischen Wange und Mund.

«Mario, hör auf damit, du machst mich nervös.» Sie legte die Hand auf sein Knie.

«Entschuldige, ich weiß auch nicht, was ich heute habe.» Er blickte zum Kellner. «Zwei Rotwein. Danke.»

«Gibst du mir eine Zigarette?»

Er reichte ihr die Packung, sie zündete sich eine an, stieß Rauch aus der Nase aus. «Und, was gibt es Neues an der Front?»

«Pssst, nicht hier, Lucia!»

Seit der Ermordung Aldo Moros war Mario wie paranoid geworden, er sprach in Rätseln, und bei ihren immer seltener werdenden Treffen wirkte er abwesend. Mario war Mitglied diverser außerparlamentarischer Gruppen.

Kennengelernt hatten Luica und er sich letztes Jahr auf einer Demo, Zehntausende hatten gegen die Polizei und den Faschismus gekämpft und versucht, die Parteizentrale der Democrazia Cristiana zu besetzen. Es erschien ihr richtig, all dies zu tun, aber für die Morde hatte sie kein Verständnis. Der Zweck heiligte für Lucia nicht alle Mittel.

Sie verdrehte die Augen. «Mario. Was ist los? Was hast du getan?»

«Besser, wenn du es nicht erfährst.»

Früher hatten sie nächtelang über Politik, über ihr Land, über die Arbeiterbewegung diskutiert. Sie waren oft unterschiedlicher Meinung, aber das hatte sie nicht gestört, im Gegenteil. Jetzt konnte Mario keinen zusammenhängenden Satz mehr formulieren und war ständig ängstlich. Hatte er etwas mit der Entführung Aldo Moros zu tun? Sie versuchte, sich zu beruhigen: Es war unvorstellbar, Mario war schwach, nervös, zerstreut – keine passenden Eigenschaften für einen Untergrundkämpfer. Lucia musste an das Wort ihres Vaters denken: «Terrorist».

Die Stille brachte Lucia um, sie wartete auf eine Reaktion, ließ den Blick die Holzvertäfelung entlangschweifen, sah die überfüllten Aschenbecher, die schief stehenden Flaschen auf dem Glasregal hinter der Bar, den langen Marmortresen, auf dem der Dampf der Espressomaschine kondensierte. Aus kleinen Löchern in den Ledersitzen der Barhocker lugte gelber Schaumstoff hervor.

«Ich wurde übrigens in Frattocchie angenommen.» Sie trank einen Schluck Wein und beobachtete seine Reaktion.

«Du glaubst immer noch an den ganzen Quatsch? An die Partei? Was ist mit der Repression, die der historische Kompromiss mit sich bringt? Hast du nicht in ‹Lotta Continua› den Appell aus Frankreich gelesen?

Sartre, Deleuze, Foucault, Guattari, Barthes, alle haben ihn unterschrieben.»

Lucia lachte laut auf. «Und ich soll die Partei verlassen, nur weil irgendwelche Franzosen, die hier nicht leben, mir das sagen? Das ist lächerlich. Mario, ich will Dinge verändern, von innen, und nicht nur große Sprüche klopfen.»

«Und was ist mit unseren ganzen Demos? Mit den extraparlamentarischen Protesten? Hast du nur so getan, als ob du Revolutionärin bist? War es nur ein Spiel für dich? Grenzen austesten? Ein bisschen Papa ärgern?»

Kurz überlegte sie, ob sie es ihm gleichtun sollte, ihn angreifen, ihn mit Worten verletzen. Er wusste, wie sehr sie es hasste, auf ihren Vater reduziert zu werden.

«Ich glaube an den Protest, aber nicht an den bewaffneten Kampf», sagte sie.

Marios Knie wippte schneller. «Was für ein Leben willst du eigentlich führen? Der Staat muss niedergeschlagen werden, man kann ihn nicht verändern. Um es mit den Worten von De André zu sagen: *Wer nicht terrorisiert, stirbt durch Terror …*»

Er spielte auf das Lied «Il bombarolo» an, in dem ein junger Angestellter, zornig über die Gewalt und das Leid, das viele Menschen erleiden mussten, eine Bombe bastelt, um sie mitten ins Parlament zu werfen.

«Mario, in dem Lied singt er: Wer nicht terrorisiert, wird durch Terror krank. Und am Ende sprengt der Bombenleger aus Versehen einen Zeitungskiosk in die Luft und wird verhaftet. Ihr könnt euch die Geschichte nicht so schreiben, wie ihr sie haben wollt. Du glaubst immer noch an die proletarische Revolution? Gut, dann sag mir: Wann haben sich denn die außerparlamentarischen Gruppen oder sogar die Roten Brigaden wirklich um die Anliegen der Arbeiter gekümmert? Wann hat einer von ihnen das letzte Mal persönlich mit einem Arbeiter gesprochen? Sie behaupten immer, nie die Belange des Proletariats zu vergessen, aber sie wissen gar nicht mehr, was diese Belange sind.»

Lucia hob die Hand, um mehr Wein zu bestellen.

Mario packte sie am Arm. «Lucia, die Partei hat uns alle verraten, sie wird auch dich verraten. Merk dir das. Das sind alles Reformisten, und Berlinguer ist das größte Schwein von allen.»

«Lass sofort meinen Arm los.»

Er stützte den Kopf in die Hände und murmelte etwas vor sich hin.

Der Kellner stellte zwei Gläser auf ihrem Tisch ab.

«In deinen Augen bin ich jetzt auch eine Verräterin, bin ich der Feind, habe ich mich für die falsche Seite entschieden. Das möchtest du mir sagen, oder?»

Er schwieg.

«Dann ist es so.»

Lucia trank mit einem großen Schluck ihr Glas leer. Sie legte 10000 Lire auf den Tisch, klaute sich eine Zigarette aus seiner Schachtel, zündete sie an, gab ihm einen Kuss.

«Pass auf dich auf», sagte sie und verließ die Bar.

6

1978, FRATTOCCHIE BEI ROM

Mit fünfzig anderen Schülern saß Cruci im Versammlungsraum und hörte der Einführungsveranstaltung zu. Die Aula Magna war so etwas wie das Herz der Schule. Sie war mit vier Fensterfronten und Fliesenboden ausgestattet.

Das Schulgebäude, ein Konstrukt der Superlative, schüchterte sie ein. Erbaut im «sozialistisch-eklektischen Stil», hatte es angeblich hundert Millionen Lire gekostet, so war es Cruci im Ortsverein erzählt worden. Die Bibliothek umfasste fünftausend Werke und mehrere hundert kommunistische Zeitschriften. In dem Bereich, wo auch die Zimmer der Studierenden lagen, gab es einen Aufenthaltsraum mit Fernseher, Radio und Moka für den Espresso. Das alles hatte Cruci in der Broschüre gelesen, die ihr zugeschickt worden war, aber noch nicht mit eigenen Augen gesehen, weil sie nach der Ankunft sofort in die Aula gebeten worden waren.

«Das kommunistische Institut Palmiro Togliatti konzentriert sich auf fünf inhaltliche Schwerpunkte», begann der Mann, der nun das Podium betrat: Sergio Rossi, der Direktor der Schule. Cruci konnte nicht schätzen, wie alt er war, er hatte den Körper eines Jungen und das Gesicht eines weisen Mannes. «Erstens, die kapitalistische Produktionsweise in der marxistischen Analyse mit Elementen und Übungen zur politischen Ökonomie. Zweitens, der Staat und das politische System Italiens. Drittens, der PCI und der italienische Weg. Viertens, Europa und die internationale Arbeiterbewegung. Fünftens, die Partei heute. Herzlich willkommen!»

Er blickte in die aufgeregten Gesichter, er sprach langsam, aber bestimmt. Wenn er seinen Wörtern besonderes Gewicht verleihen wollte, richtete er den Oberkörper auf, und sein langes, weißes Haar wehte bei der Bewegung mit.

«Liebe Genossinnen und Genossen, das sind die Pfeiler Ihrer einjährigen Ausbildung, die aus Vorlesungen, individuellem Studium und politischen Diskussionen bestehen wird. Sie werden eine Einführung in Rhetorik und Logik erhalten, damit Sie optimal auf den politischen Diskurs vorbereitet sein werden. Am Ende Ihrer Ausbildung sollten Sie bereit sein: für eine Karriere im Sinne der Partei.»

Cruci hatte alles in ihr Notizheft mitgeschrieben. Bei dem Wort Rhetorik stockte ihr Atem. Hier hatte sie die meiste Angst, nicht mithalten zu können. Ihre Herkunft war gegen sie. Sie kam aus dem Süden, war erst achtzehn Jahre alt, hatte im Gegensatz zu vielen anderen hier noch nie eine Universität von innen gesehen. Die Partei kannte sie nur aus dem Ortsverein, wo sich rauchende, betrunkene Männer nachts über den

Kapitalismus beschwerten, um am Morgen wieder Untertanen in den Minen zu sein. Selbstverständlich war sie Mitglied der jungen kommunistischen Föderation, aber sie hatte nie einen nationalen Kongress besucht. Manchmal hatte sie kurze Vorträge im Verein halten dürfen, zum Beispiel über Gramscis Frage zum Süden, aber das war eine ganz andere Situation, denn sie kannte die Genossinnen und Genossen dort von Kindheit an, und sie waren ihr wohlgesonnen. Hier in Frattocchie kannte sie niemanden.

Ihre große Sorge galt dem Reden. Sie sprach kein perfektes, sauberes Italienisch, ihre Vokale waren immer offen, sie sagte «bbello» mit doppeltem b. Aus Wörtern mit nc wie «vince» wurde «vinge», und ein «invece» hörte sich wie ein «infece» an. Sobald sie anfing zu sprechen, würden alle wissen, wo sie herkam.

Ihr Blick heftete sich auf ein Fresko von Renato Guttuso an der seitlichen Wand der Aula. Sie kannte es, es trug den Titel «La battaglia di Ponte dell'Ammiraglio» und zeigte den sogenannten «Zug der Tausend» vom 11. Mai 1860 auf Sizilien. Wie jede Italienerin aus dem Süden wusste sie die Geschichte des Unabhängigkeitskampfes auswendig, bei dem die Rothemden gegen die Bourbonen in Palermo gekämpft hatten. Der daraufhin ausbrechende Volksaufstand kam Garibaldi bei der Besetzung von Palermo entgegen. Bomben, brennende Häuser, schreiende, verstümmelte Menschen, Tote – all das war der Preis für die Befreiung Palermos von den Bourbonen gewesen.

Sie musste an die Worte Antonio Gramscis über den Süden Italiens denken: Süditalien brauche keine separate Politik, sondern müsse ab sofort in die allgemeine Politik des Landes integriert werden. Die Vorurteile gegenüber dem Süden müssten endlich überwunden werden, die Arbeiterklasse des restlichen Landes solle mit der dort lebenden Bevölkerung ein starkes Bündnis schaffen.

Das Händeklatschen der Kommilitonen riss Cruci aus ihren Gedanken. Die Veranstaltung war beendet.

Sie spürte eine Hand auf ihrer Schulter. Die Frau neben ihr lächelte sie an. «Lässt du mich raus?» Und während sie sich an ihr vorbeizwängte, fügte sie hinzu: «Ich bin übrigens Lucia, und du?»

7

«Mit Zucker?», fragte Lucia.

«Danke, ich trinke meinen Kaffee schwarz.»

Sie waren zusammen im Pausenraum. Lucia bewegte sich so selbstverständlich, als wäre sie schon immer hier gewesen. Cruci saß ihr gegenüber und konnte sie genauer ansehen. Sie hatte zarte Hände; Hände, die noch nie gearbeitet hatten, mit perfekt geschnittenen Fingernägeln.

Lucia fasste sich an ihre Bluse, die nach Feinwäsche duftete, und spielte mit den Perlmuttknöpfen. «Und, wie fandest du die Einführung?», fragte sie Cruci.

«Sehr informativ.»

Lucia lachte, ein lauter Klang, der keinen Filter kannte und den kleinen Raum erhellte.

«Crocifissa, du hast Humor.» Sie zündete sich eine Zigarette an und hielt auch Cruci eine hin. «Ich habe mich ein bisschen gelangweilt, aber Sergio Rossi könnte ganz fair sein. Mein Vater sagt, die Lehrer hier sind nicht alle so.»

Sie spürte Lucias Blick auf sich. Cruci fühlte sich ertappt. Es war, als ob Lucia versuchte, die Fassade zu durchbrechen.

«Dein Vater?»

«Ja», Lucia seufzte kurz, «er arbeitet im Bottegone

und kennt so ziemlich alle hier. Aber ich und er kommen nicht gut miteinander aus. Das macht es auf der einen Seite schwerer für mich, auf der anderen leichter ... Du bist aus dem Süden, oder?»

«Palermo.»

«Meine Familie kommt aus Rom. Sie bildet sich was darauf ein, dass sich ihr Stammbaum bis zur Kaiserzeit zurückverfolgen lässt.» Sie verdrehte die Augen.

Lucia hatte unsichtbare Fäden gespannt, und Cruci war darin gefangen. Sie fühlte sich wie ein Vogel, der noch kurz flattern konnte, bevor ihm die Kräfte schwanden.

«Na ja, auf jeden Fall bin ich froh, hier zu sein. Bloß: Schau dich um, Crocifissa, wir sind nur eine Handvoll Frauen im Kurs. Ist dir das aufgefallen? Und was möchtest du später in der Partei machen? Hast du konkrete Ideen?» Lucia zündete sich eine weitere Zigarette an.

«Ich weiß es noch nicht genau, erst mal bin ich dankbar, hier zu sein und viel zu lernen. Danach schauen wir weiter.»

Lucia lachte.

Cruci wusste, dass ihr Satz keine richtige Antwort war.

«Du bist schon die perfekte Politikerin, Crocifissa.»

8

Die Feigen wurden reif, die Pfirsiche blühten, und die Oliven an den Bäumen konnten in ein paar Monaten gepflückt werden. Aber warum sollte die Partei Interesse an der Obsternte haben?

Seit der Einführungsveranstaltung waren zwei Wochen vergangen, und Cruci hatte nicht einen Moment Zeit gehabt, um über irgendetwas anderes als den Lehrstoff nachzudenken. Lucia hatte mehrmals versucht, sie zu einem kleinen Ausflug oder zu einem Glas Wein zu überreden, aber Cruci hatte abgelehnt – zuerst kam die Schule, dann das Vergnügen. Manchmal fragte sie sich, ob sie sich wie eine Lehrerin verhielt, ob sie zu ernst für ihr Alter sei.

Dennoch war sie glücklich, nicht alleine zu sein, und verbrachte jede Pause mit Lucia. Lucia rauchte, Cruci saß daneben, und sie sprachen über die großen Lektionen des Kommunismus, darüber, ob der italienische Kommunismus eigenständig und losgelöst von der UdSSR zu verstehen war, über den Schwarzen Freitag im Iran und den vor ein paar Monaten gewählten Präsidenten Sandro Pertini.

Aber am meisten sprachen sie über die Frauensache. Sie waren sich einig, dass in der Partei etwas passieren musste, und sie dachten dabei an sich: Es gab in ihrem

Jahrgang sonst keine Frauen, die es ähnlich sahen. Einmal hatten sie versucht, mit ihrer Mitschülerin Carla darüber zu sprechen, aber es hatte sie nicht interessiert. Sie hatte sich offenbar noch nie kritische Fragen zur Emanzipation der Frau gestellt.

In einer der Pausen saßen sie am Rand des Volleyballfeldes auf der Grünanlage der Schule und schauten ihren Kommilitonen beim Spiel zu.

Lucia stieß Cruci mit dem Ellbogen in die Seite: «Hör auf mit deinem verdorbenen Blick.» Sie lachte, während sie das sagte.

Cruci spürte, wie sie rot wurde. Schnell drehte sie den Kopf zur Seite. Erst jetzt fiel ihr auf, dass sie die ganze Zeit einen der Männer auf dem Feld beobachtet hatte. Er war ihr schon im Kurs aufgefallen, es hatte ein paar Blickwechsel gegeben, aber bisher hatten sie noch kein Wort miteinander gesprochen.

Er hatte gerade, sehnige Beine, einen dunklen Vollbart und wunderschöne schwarze Locken. Sein Schweiß bildete kleine Tröpfchen auf den Beinhaaren. Er bewegte sich grazil und rhythmisch. Wenn er hochsprang, um den Ball zu schlagen, stockte Cruci der Atem. Er stand förmlich in der Luft, dann zog er den Arm gerade nach hinten, wie ein Bogenschütze, und ließ ihn nach vorne schnellen. Seine flache Hand traf den Ball mit voller Wucht. Er zielte in die linke Ecke des gegenüberliegenden Spielfelds, der Gegner hatte keine Chance.

Wenn er den Ball anderen Genossen zuspielte, ging

er in die Hocke, streckte die Hände wie zum Gebet nach oben, und Cruci konnte nicht anders, als ihm auf den Hintern zu schauen; sie schämte sich, aber er sah rund und fest aus wie ein noch nicht reifer Pfirsich.

«Ich gucke überhaupt nirgendwohin», sagte Cruci und musste ebenfalls loslachen.

Der Ball landete direkt vor ihr, sie nahm ihn in die Hand und sah, wie Antonio langsam auf sie zujoggte. Instinktiv ließ sie den Ball fallen, er rollte in seine Richtung. Crucis Körper erstarrte, sie spürte eine Hitze, die ihr fremd war.

Als er den Ball erreichte, hob Antonio ihn hoch und zwinkerte ihr zu. Schon wieder wurde Cruci rot.

«Cru, du musst heute Abend mit ihm ausgehen. Lauf rüber und frag ihn, ob er Zeit hat», sagte Lucia.

Sie den ersten Schritt machen? Niemals.

9

Nach dem Match ging Cruci in den Aufenthaltsraum, um sich und Lucia einen Kaffee zu machen. Sie füllte das Pulver in die Moka, drehte sie zu und stellte sie auf den Herd.

Als Erstes spürte sie seinen Geruch, dann die Wärme seines Körpers. Sie hatte das Gefühl, als wäre er direkt hinter ihr. Aber als sie sich umdrehte, sah sie, wie er mit einem Handtuch um den Hals an die Tür gelehnt stand. Es sollte lässig wirken, aber Cruci konnte seine Augen nicht ausfindig machen, weil er die ganze Zeit nach unten schaute. Sie wandte sich wieder der Moka zu und wartete, bis der Kaffee nach oben sprudelte.

«Hättest du vielleicht Lust, heute Abend einen Aperitif zu trinken?», fragte er.

Sein Blick ging immer noch in Richtung Boden, mit dem Fuß malte er Ringe auf die Fliesen.

Sie schaute auf seinen verschwitzten Körper.

«Warum nicht», sagte sie. Sie hoffte, es klang nicht zu gleichgültig.

«Gut. Ich hol dich um sieben ab. Bis dann.»

Und schon war er aus der Tür.

Cruci füllte den Kaffee in zwei Tassen, versuchte sie vorsichtig zu balancieren, während sie das Herz in ihrer Brust klopfen hörte.

10

Lieber Papa, liebe Mama,

mir geht es gut. Ich lerne viel, alle sind nett zu mir, und ich eigne mir viel Wissen an, das uns allen später nützlich sein wird. Der Direktor der Schule, Professor Rossi, ist eine Koryphäe auf seinem Gebiet, so sagen sie es hier, und er gibt mir die besten Noten, was euch hoffentlich stolz macht und euch darin bestärkt, die richtige Entscheidung getroffen zu haben. Ihr müsst euch keine Sorgen um mich machen, auch wenn ich euch wirklich sehr vermisse.
Mein Zimmer ist karg und ein wenig dunkel, die Matratze ist durchgelegen, aber ich habe alles, was ich brauche: einen Schreibtisch, einen Stuhl, ein Bett, einen kleinen Holzschrank, ein Fenster mit Blick auf einen Pinienbaum. Ich würde euch gerne mehr über Rom erzählen, aber ich habe gar nichts von der Stadt gesehen. Als ich ankam, wollte ich noch die Zentrale in der Via Botteghe Oscure 4 besuchen, wäre dort in die Buchhandlung gegangen, aber ich hatte keine Zeit, weil ich die Bahn erwischen musste, um pünktlich hier zu sein. Ich sehe schon Gianni und Giorgio vor mir, wie sie schnaufen und sagen: Du und deine Bücher! Vielleicht werde ich es bald dorthin schaffen.

Ich habe eine Freundin gefunden. Sie heißt Lucia, lebt in Rom, und ihr Vater arbeitet im Bottegone. Ich schreibe euch das, damit ihr wisst, dass ich nicht alleine bin und jemanden habe, der auf mich aufpasst. Ihr müsst euch wirklich keine Sorgen machen.
Wie geht es euch? Habt ihr die Hitze gut überstanden? Ist die Arbeit auf dem Markt anstrengend? Machst du dir die Augen kaputt mit den filigranen Näharbeiten, Mama? Erzählt mir bitte alles.

Ich vermisse euch,
Crocifissa

11

«Cicia, welches gefällt dir besser?» Cruci hielt ein schwarzes und ein dunkelblaues Kleid in die Höhe. Sie stand vor dem Schrank in ihrem Zimmer, Lucia beobachtete sie vom Bett aus.

«Gehst du in die Kirche, oder triffst du dich mit einem Mann?», fragte Lucia. «Warte kurz.» Sie verließ das Zimmer.

Cruci war noch nie mit einem Mann verabredet gewesen. Sie kannte die Konventionen nicht, wusste nicht, was man zu einem solchen Anlass anzog. Auf Sizilien hatte es ein paar Schwärmereien gegeben, für einen Jungen in der Klasse oder im Verein, Träume eines Kindes, die nirgendwohin geführt hatten. Aber das hier war anders. Sie konnte das Gefühl nicht abschütteln, nicht rationalisieren, schaffte es nicht, sich loszureißen, es war zu stark. Ihre Gedanken kreisten um Antonio.

Zu Hause trug sie Sachen, die praktisch waren. Und wenn sie rausging, hatte es für jede Gelegenheit die passende Garderobe gegeben. Für Hochzeiten ein elegantes dunkles Kleid ohne Taille und ohne Ausschnitt, was kaum schmeichelhafter war als ein Kartoffelsack. Für die Messe den langen schwarzen Rock mit der Spitze am Saum, die ihre Mutter in sorgsamer Handarbeit selbst appliziert hatte. Und zu Hause nur ihren Hausrock, geblümt, in einem braunen Grundton. Dann fühlte sie sich ein bisschen wie Sophia Loren in «Ein besonderer Tag» – ungeschminkt und mit zerzausten Haaren.

Lucia kam zurück. Sie hielt ein hochgeschlossenes, weißes Kleid in die Höhe, im neoplastischen Stil mit geometrischen Formen in Schwarz, Rot, Blau.

«Du ziehst das an, und fertig.» Sie gab Cruci das Kleid.

Cruci nahm es in die Hände, fühlte die feine Baumwolle, schmiegte kurz ihr Gesicht daran. Dann schlüpfte sie hinein und bemerkte erst vor dem Spiegel, dass es den Blick auf ihre Knie freigab.

«Du spinnst. Das kann ich nicht anziehen, das ist viel zu aufreizend. Wenn mich meine Eltern so sehen würden!»

Doch während sie sich im Spiegel anschaute, bemerkte sie, wie gut es ihr stand.

«Und ...?», sagte Lucia. Sie zündete sich eine Zigarette an. «Gefällt es dir? Ich dachte mir schon, dass es dir perfekt steht.» Sie hielt Cruci einen Lippenstift hin. «Mach das drauf.»

Cruci gehorchte. Als sie den Stift an die Lippen setzte, kam sie sich wie die Frauen aus dem Fernsehen vor, begehrenswert, ein bisschen verwegen, selbstsicher.

Nachdem Lucia gegangen war, hatte Cruci gerade noch Zeit, die Sachen zurück in den Schrank zu räumen, da klopfte es dreimal vorsichtig an der Zimmertür.

Sie bemerkte, wie er sie anschaute, wie er ein bisschen verlegen wurde. Sie spiegelte sich in seinen Augen.

Niemand verbot ein Treffen zwischen einer Schülerin und einem Schüler des Instituts, das wusste Cruci. Aber es wurde nicht gerne gesehen. Es gab Gerüchte über Frauen, die nur die Schule besuchten, weil sie einen kommunistischen Mann wollten, und am Ende als Sünderinnen und unverheiratet zurückkehrten. Deswegen hatten die Funktionäre extra ein Institut nur für weibliche Genossen etabliert, die Schule Anita Garibaldi am Comer See.

Cruci fühlte sich gut. Sie ging mit Antonio in Richtung Ausgangstor und ließ alle Zweifel in ihrem Zimmer zurück.

«Wollen wir in die Bar um die Ecke?», fragte er.

Sie schüttelte den Kopf. «Ich würde lieber in das Café gehen. Das, wo es auch Eis gibt.»

Lucia hatte ihr von der Bar abgeraten, weil dort die anderen hingingen und Cruci neugierigen Blicken und Geschwätz ausgesetzt wäre.

Antonio nickte. Mit etwas Abstand gingen sie nebeneinanderher und sprachen über ihre Kurse, die Lehrer, die Partei. Als sie im Café ankamen, bestellte er für sie beide einen Crodino. Antonio war sichtlich nervös, sie merkte es, weil er entweder schwieg oder viel zu schnell sprach.

«In Neapel hat die Partei es geschafft, bei den letzten Kommunalwahlen über 32 Prozent zu bekommen. Mit Maurizio Valenzi haben wir nun schon seit einigen Jahren einen kommunistischen Bürgermeister.» Und dann geriet er ins Plaudern.

Cruci hörte zu und zeigte sich interessiert, nippte ab und zu an ihrem alkoholfreien Aperitif.

«Was ist mit dir? Wie siehst du die Zukunft der Partei?», fragte er.

Cruci stockte der Atem, weil er sie nun direkt ansah. Durch seine großen Brillengläser erkannte sie die braunen Augen, die einen ehrlich interessierten Blick preisgaben. Er zündete sich eine Zigarette an und wartete.

«Ich glaube, die Partei muss sich programmatisch mehr den neuen Problemen öffnen», sagte Cruci und war kurz erstaunt. Nicht weil sie ihren eigenen Worten misstraute, sondern weil sie sprach, ohne sich selbst zu zensieren.

«Welche Probleme meinst du, Cruci?»

«Es reicht nicht, nur die Arbeiter im Blick zu haben. Die Partei muss sich auch im Kampf um die Frauenrechte mehr engagieren. Warum, meinst du, gibt es in unserem ganzen Jahrgang nur vier Frauen?» Sie spürte, wie sie in Fahrt kam, und genoss es zu schauen, wie weit sie gehen konnte.

«Ich bin froh», sagte er, «dass Enrico Berlinguer sich von der Sowjetunion distanziert, auch wenn ich seine Beweggründe nicht ganz verstehe. Aber es ist wichtig, einen italienischen Kommunismus zu etablieren, vor allem, weil die Frage des Südens noch mehr in den Fokus gerückt werden muss.» Antonio stützte, während er sprach, den Ellbogen auf den Tisch und legte die Wange auf die Handknöchel.

«Das stimmt», sagte Cruci. «Aber wie schaffen wir es, unsere Kräfte in ganz Italien zu bündeln und den eigenen Kommunismus stark zu machen?»

Die Diskussion entspann sich um wenig und ganz viel, sie spielten sich die Bälle zu, wechselten abrupt die Themen, und Cruci spürte immer wieder seinen eindringlichen Blick auf sich.

«Wollen wir noch einen Spaziergang machen?», fragte er irgendwann.

Auch wenn ihr bei dem Gedanken, das Café zu verlassen, etwas mulmig zumute war, stimmte sie zu. Sie hatte noch Lucias Stimme im Kopf: «Tu nichts, was du nicht willst, und lass dich zu nichts überreden.»

Sie gingen in Richtung des Albaner Sees, der Abstand zwischen ihnen war nun kleiner. Sie durchquerten ein Stück Wald, spazierten an großen Stieleichen und Feigen vorbei, bis es nicht mehr weiterging und sie nur noch Wasser sahen. Die Feldgrillen zirpten, Glühwürmchen, die dumpfes Licht abgaben, schwirrten durch die Luft, und der See schwappte leise vor sich hin.

Sie standen reglos am Ufer. Cruci spürte seine Nähe, seine Wärme. Sie merkte, wie er immer wieder kurz zu ihr rüberschaute. Sie hingegen starrte auf den See.

Sie mussten etwa dreißig Minuten dort gestanden haben, bis Antonio plötzlich sagte: «Crocifissa, sollen wir zurück?»

Er sprach ihren vollständigen Namen aus. Sofort

überkam sie das Gefühl, etwas Schlimmes getan zu haben. Hätte sie mehr reden sollen? Hatte sie zu viel geredet? Ihn gelangweilt? Sie versuchte immer, auf alles vorbereitet zu sein. Aber jetzt wusste sie nicht mehr weiter.

Sie drehte sich zu ihm um. «Ja, lass uns zurückgehen.»

Sie durchquerten den Wald. Während der Schatten der Bäume sie noch vor der Wirklichkeit der Schule schützte, nahm Antonio ihre Hand. Cruci glühte innerlich, wie mit Fieber, aber ohne den Wahn. Die Distanz zwischen ihnen schrumpfte, sie liefen eng beieinander, keiner hatte den Mut, den anderen anzuschauen, sie spürten nur ihre Hände.

Als sie die Straße erreichten, ließ er sie los und lächelte sie an.

«Danke für diesen Abend. Ich hoffe, wir können das bald wiederholen.»

12

Lucia trug wie jeden Abend ihre blaue Jeans, die an den Oberschenkeln eng saß und unterhalb der Knie weiter wurde. Ihre schwarzen, leicht welligen Haare hatte sie zu einem Pferdeschwanz gebunden, die ersten zwei Knöpfe ihrer Bluse waren offen. Cruci bewunderte, mit welcher Leichtigkeit Lucia sich zurechtmachte.

Sie gingen durch das Schultor, bogen links in die Straße ein, die nur von zwei Laternen beleuchtet war, und liefen dann immer geradeaus. Auf dem Weg rauchte Lucia eine Zigarette.

Seit Wochen versuchte Lucia schon, Cruci zu überreden, abends mal mit ihr auszugehen: «Ich ertrage die Dummheit der anderen nicht, du musst mitkommen. Mit wem soll ich sonst reden?», hatte sie zu ihr gesagt. Und das war noch nicht einmal gelogen.

Jeden Abend nach dem Essen ging Lucia auf ihr Zimmer, zog sich um und verließ um 21 Uhr das Schulgelände. Sie brauche ein bisschen Aufregung, ein bisschen Abwechslung, sagte sie, bevor die Langeweile eine Chance habe, sie heimzusuchen.

Heute hatte Cruci zugestimmt, sie zu begleiten.

Die Bar hatte etwas Raues, Zwielichtiges, was Lucia mochte und Cruci sofort hasste. Keine Parteiposter hingen an den Wänden, überhaupt keine Deko. Ein paar

Holztische, Hocker, eine Jukebox, ein Pooltisch. Lucia ging zum Tresen.

«Emilio, gibst du mir einen Rotwein, bitte?» Sie sah Cruci fragend an, die nickte. «Und einen Crodino.»

Lucia kam mit den Getränken zurück, zündete sich die nächste Zigarette an. Cruci folgte ihrem Blick, sie schaute hinten rechts in die Ecke, wo die Jungen aus gutem Hause saßen. Niemand verstand, wie sie es überhaupt nach Frattocchie geschafft hatten.

«Schau mal, und da sitzen die Schnepfen.» Lucia deutete mit dem Kopf in die andere Richtung.

«Nicht so laut, Cicia», sagte Cruci, die nicht mochte, wenn Lucia so sprach.

«Erzähl mir lieber, wie es gestern gelaufen ist. Ich warte schon die ganze Zeit darauf, dass du was sagst.» Lucia nahm einen Schluck Rotwein.

«Gut, wie soll es schon gelaufen sein?», sagte Cruci. «Wir waren etwas trinken, haben über Politik gesprochen, und das war es.»

«Mehr nicht?»

«Nein, nicht so richtig.»

«Nicht so richtig? Also doch.» Sie drückte die Zigarette im Aschenbecher aus. «Pass auf, Cruci: Sei vorsichtig mit den Männern, okay? Am Anfang sind sie alle zuvorkommend und interessiert, aber wenn sie einmal bekommen haben, was sie wollen, dann sieht es schnell anders aus. Und sieh zu, dass du dich nicht verliebst.»

Lucia schien zu bemerken, wie Cruci verlegen wurde, und bohrte nicht weiter nach.

Am Billardtisch sahen sie Paolo und Riccardo aus ihrem Jahrgang stehen.

«Komm, lass uns eine Runde spielen», rief Lucia.

Cruci lief ihr nach, schon bereute sie es, heute Abend mitgekommen zu sein. Das hier war Lucias Welt, nicht ihre.

Riccardo kam wie Lucia aus Rom, aber aus einer klassischen Arbeiterfamilie in Trastevere, während Paolos Familie aus Mailand stammte. Mehr wusste Cruci nicht über sie. Beide Männer waren drahtig, hatten markante Gesichtszüge, große Hände mit halbmondförmigen Fingernägeln, breite Schultern. Ihre weißen Hemden hatten sie an den Ärmeln hochgekrempelt.

«Darf ich mitspielen?» Lucia hatte den Queue schon in der Hand.

Die Jungs nickten etwas widerwillig. Sie hatten gerade ihr Spiel beendet, Paolo hatte seinen Freund geschlagen, also durfte Lucia gegen ihn antreten. Cruci schaute zu, wie Lucia die Kugeln in Dreiecksform aufbaute. Die 1 an die Spitze, die schwarze 8 in die Mitte, die restlichen Kugeln drum herum, immer abwechselnd halb und voll. Riccardo und Paolo blickten von hinten auf Lucia.

«Wer fängt an?», fragte Lucia. «Oder wollt ihr mir noch länger auf den Hintern schauen?»

Sie wartete auf eine Antwort, die nicht kam.

«Okay, ich fange an und nehme die Vollen», sagte Lucia.

Sie nahm den Queue in die eine Hand, die blaue

Kreide in die andere und trug sie auf die Pomeranze aus Leder auf. Sie stieß an, zwei ihrer Bälle landeten im Loch.

Während sie spielten, begann Lucia, über Politik zu reden: «Enrico Berlinguer ist die Zukunft. Niemandem ist es bis jetzt gelungen, so modern zu denken. Hoffentlich wird die Partei mit ihm noch progressiver. Wir müssen trotzdem auch an die Frauenrechte, an die Homosexuellen, an die Migrantinnen denken.»

Paolo sagte nicht viel dazu, er schaffte es gerade, ein paar Laute von sich zu geben. Als Lucia ihn direkt nach seiner Meinung fragte, kam nur Gestammel: «Ich denke, also ich glaube, ich weiß auch nicht ...»

Von der anderen Seite des Pooltisches mischte sich Riccardo ein: «Wir müssen erst mal sehen, wie das mit Berlinguers sogenanntem Eurokommunismus läuft, oder Lucia?»

«Spotte nur, so viel du willst, aber wenigstens gibt es eine Idee. Was glaubst du denn: Sollen wir etwa ewig in der Opposition bleiben und nie selbst das Land regieren? Willst du das? Wem helfen wir damit?»

Riccardo lächelte, blieb aber still.

Lucia gewann das Spiel, was Paolo zähneknirschend hinnahm.

«Komm, Cru, lass uns noch was trinken», sagte Lucia, ohne die Männer eines Blickes zu würdigen.

Lucia ging zum Tresen, bestellte noch mal Rotwein und Crodino. Cruci lief ihr hinterher, und als sie neben ihr stand, hörten sie, wie die Frauen am Tisch über Lucia tuschelten.

Carla sagte zu Beatrice: «Lucia gibt sich ja so modern, sie hält sich wohl für was Besseres – und für so schlau.» Beatrice nickte zustimmend.

«Diese Waschweiber haben zu allem eine Meinung», sagte Lucia zu Cruci, «außer, wenn es um das Eingemachte in der Politik geht. Dann hören sie lieber den Männern zu und machen ihnen schöne Augen.»

«Cicia, stör dich nicht daran. Sie sind neidisch.»

Lucia verdrehte die Augen, während Carla schon zum nächsten Thema übergegangen war, der sogenannten Obszönität einiger Sängerinnen: Patty Pravo sang über einen Dreier, Romina Power hatte ihre Brüste entblößt, Loredana Bertè war ein Flittchen.

«Gutes Spiel und gute Rede. Ich mochte, was du gesagt hat. Das war sehr intelligent. Möchtest du noch was trinken?»

Lucia drehte sich um, sah in Riccardos Gesicht und hielt statt einer Antwort ihr halbvolles Weinglas hoch. Er zuckte mit den Schultern.

«Wollen wir vielleicht später einen Spaziergang machen und ein bisschen weiterdiskutieren?», fragte er.

Lucia trank das Glas in einem Zug aus, lief zur Jukebox, suchte ein Lied aus und bestellte mit einem Handzeichen einen weiteren Wein. Die ersten Takte von Amanda Lears «Follow Me» füllten die Bar.

Crucis Blick löste sich keine Sekunde von ihrer Freundin. Sie sah, wie Lucia zu Riccardo zurückging. Er saß auf seinem Hocker und konnte die Augen nicht von ihr lassen. Lucia begann, vor ihm mit den Hüften zu kreisen, den Pferdeschwanz hatte sie gelöst. Dann beugte sie sich ganz nah zu ihm und sagte laut: «Nein, ich möchte nicht mit dir spazieren gehen. Geh zu dem Tisch da und such dir eine von den anderen Genossinnen aus. Das ist eher dein Niveau.» Sie zeigte zu Carla und Beatrice, ließ ihn stehen und kehrte zu Cruci zurück.

13

In einer kurzen Pause saß Cruci mit ihrem Buch auf dem Rasen vor dem Schulgebäude. Lucia hatte ihr die Gedichte von Alda Merini geliehen, sie selbst hatte noch nie von dieser Autorin gehört. Laut Lucia war Merini eine der vielen bedeutenden Frauen, die im literarischen Betrieb ignoriert wurden. Cruci versank in den kühlen, schweren Worten, als sie ein Rascheln hörte. Sie legte ein Stück Papier an die Stelle, wo sie gerade war, und blickte auf. Ein paar Meter entfernt erkannte sie Direktor Sergio Rossi, neben ihm eine Frau, die Cruci noch nie gesehen hatte.

Vorsichtig näherte sie sich den beiden. Die Frau war mittleren Alters, trug einen langen Rock, dunkles, hastig zum Dutt gebundenes Haar und einen Blazer über der weißen Bluse. Rossis Lippen umspielte ein seltenes Lächeln.

Cruci hörte nur Wortfetzen, aber seine Stimme klang anders als im Klassenraum, weicher, weniger bestimmt, auch die steife Körperhaltung war verschwunden. Normalerweise stand er unter Strom, aber nun wirkte alles sanft an ihm.

Neugierig bewegte Cruci sich noch ein Stück vor. Sie merkte deutlich die Vertrautheit zwischen den beiden, kleine Gesten wie das Streicheln einer Hand, die Berührung an der Schulter, um einen Fussel zu entfernen. Cruci blieb unbemerkt und beobachtete das Paar, wie eine Ornithologin Vögel studierte. Nun konnte sie auch verstehen, was sie sagten:

«Weißt du, Jekaterina, ich bin glücklich, hier zu sein, so nah an den jungen Menschen und ihren Ideen. Auch wenn viele sich noch nicht trauen, ihre Meinung zu artikulieren, erkenne ich in ihnen die Zukunft der Partei. Natürlich nicht bei allen, aber bei einigen. Ihre progressiven Ideen werden uns voranbringen, sie können einen italienischen Kommunismus wahrscheinlicher, stärker, größer machen – selbst wenn das vielleicht in der Zentrale nicht alle so sehen mögen. Wir brauchen die Modernisierung.»

Jekaterina – was für ein Name, dachte Cruci. War sie Rossis Frau? Sie ging noch ein Stück weiter, um ihr Gesicht besser sehen zu können, und trat versehentlich auf ein Stöckchen. Die beiden drehten sich zu ihr um.

«Crocifissa, hallo», sagte Rossi erstaunt. «Ich habe Sie gar nicht kommen sehen. Genießen Sie Ihre Pause?»

Cruci spürte, wie ihr die Röte ins Gesicht stieg, mal wieder.

«Ehm, ja, Herr Rossi, danke. Ich wollte ein bisschen lesen und suche nach einem geeigneten Platz. Es ist so ein schöner Tag.»

«Ja, ist es. Darf ich Ihnen meine Frau vorstellen?» Er wandte sich zu seiner Begleitung. «Jekaterina, das ist meine beste Schülerin im neuen Jahrgang, Crocifissa La Rosa.»

«Freut mich sehr», sagte Cruci.

Jekaterinas Händedruck war fest, ihre Augen wie aus Eis, aber ihr Blick warm.

«Ich habe viel von Ihnen gehört, Crocifissa. Sergio spricht in den höchsten Tönen von Ihnen. Wenn ich es nicht besser wüsste, wäre ich ein wenig eifersüchtig.» Ihre Stimme klang rau, ihr Lachen hart.

Cruci blickte zu Boden.

«Entschuldigung, ich wollte Sie nicht in Verlegenheit bringen. Sergio erzählt nicht oft von seinen Schülerinnen und Schülern, aber von Ihren analytischen Fähigkeiten ist er sehr beeindruckt.»

«Hör auf, jetzt bringst du *mich* in Verlegenheit, Jekaterina», sagte Sergio.

«Danke, Frau Rossi.»

«Papperlapapp, unter Genossinnen nennen wir uns beim Vornamen, wir sind da nicht so förmlich, oder? Ich bin Jekaterina.»

«Aber nur, wenn Sie mich Cruci nennen, Frau Rossi», sie spürte den Blick der Frau, «ich meine Jekaterina.»

Cruci war es nicht gewohnt, mit Erwachsenen auf Augenhöhe zu reden, aber Jekaterina gab ihr sofort das Gefühl, eine von ihnen zu sein. Sie sah auf die Uhr: «Entschuldigung, ich muss gleich zurück zum Unterricht.»

«Abgemacht, Cruci», sagte Jekaterina. «Es hat mich sehr gefreut, Sie kennenzulernen. Ich hoffe, nächstes Mal haben wir die Gelegenheit, ein bisschen miteinander zu sprechen.»

Sergio hob die Hand zum Abschied, und Cruci entfernte sich.

Wo die beiden wohl wohnten?, fragte Cruci sich, als sie zurück zur Klasse ging. Wahrscheinlich im historischen Kern Roms. Und ob sie Kinder hatten? Bestimmt wären sie gute Eltern; Eltern, die ihren Kindern zuhörten, wenn sie redeten, sie ernst nahmen. Vielleicht waren die Kinder auch schon älter als Cruci und längst in der Partei etabliert, bereit für eine große Karriere ohne jeglichen Gegenwind, weil eben Sergio und Jekaterina Rossi ihre Eltern waren.

Cruci war stolz. Sergio Rossi sprach mit seiner Frau von ihr. Und das *in den höchsten Tönen*.

14

In den Tagen nach ihrem ersten Treffen hatte Antonio ständig Crucis Nähe gesucht. Er schrieb ihr kleine Gedichte, die er ihr nachts unter der Zimmertür durchschob, und er suchte auch den Kontakt zu Crucis bester Freundin. Aber Lucia blieb skeptisch. Sie traute ihm nicht, das wusste Cruci. Er erschien ihr zu glatt, zu harmlos, und sie sagte immer: Männer sind Schafe, die zum Wolf mutieren. Cruci jedoch konnte nicht anders, als ihm in den Pausen ein kurzes Lächeln zu schenken, ihn wissen zu lassen, dass sie fühlte wie er.

Sie musste dringend das Chaos in ihrem Kopf sortieren, denn so konnte es nicht weitergehen. Es fiel ihr jeden Tag schwerer, sich auf den Unterricht zu konzentrieren, sie fühlte sich unernst und waghalsig – keine guten Eigenschaften, wie sie befand. Es half alles nichts, sie musste mit ihm reden. Ihn fragen, was sie hier eigentlich taten, sie und er.

Sie trafen sich wieder an dem Platz am See, Cruci hatte es vorgeschlagen. Wieder war sie zittrig. Ob das jedes Mal so sein würde? Antonio erregte sie, aber das war nicht der einzige Grund.

«Cruci, was ist los mit dir? Warum wolltest du dich ausgerechnet hier mit mir treffen?»

Was war das für eine Frage? Sie versuchte, ruhig zu bleiben. Jetzt ging es um Organisatorisches, nicht um Gefühle.

Antonio stand mit dem Rücken zum Wasser, Cruci fixierte die Natur hinter ihm; die Wellen, die langsam, aber stark von links nach rechts tanzten. Sie konzentrierte sich auf die Geräusche. Das Zirpen der Grillen war nicht mehr zu hören. War das ein schlechtes Omen? Cruci wusste so wenig über die Gesetze der Liebe. Sie musste sich zusammenreißen.

«Wir müssen ein paar Regeln aufstellen», sagte sie.

«Regeln?» Seine Augen, schwarz wie das Meer, blickten sie an. Seine Lippen umspielte ein unsicheres Lächeln.

«Hmhm.» Sie nickte.

«Was denn für Regeln?»

«Also, vielleicht sind es auch eher Fragen. Zum Beispiel, was ist das zwischen uns hier?» Sie verstand selbst nicht genau, woher ihre Distanz kam, sie sprach schon wie Lucia.

«Du meinst, was zwischen uns ist? Willst du wirklich, dass ich es ausspreche? Macht es das nicht kaputt?»

Cruci rollte mit den Augen.

Er gab nach, offenbar erkannte er ihre Anspannung. «Gut, also, ich möchte mit dir zusammen sein. Willst du das auch?»

«Natürlich möchte ich das.» Sie nahm seine Hand. «Aber wir müssen es vor den anderen geheim halten.

Lucia weiß es eh, und sie wird schweigen, aber niemand anderes darf davon erfahren, hörst du?»

Er ließ ihre Hand los. «Schämst du dich für mich?»

«Nein, aber du weißt nicht, wie es für mich ist. Du denkst nicht darüber nach, wie garstig die Menschen sein können, was sie über mich sagen werden.»

«Was denn?»

«Sie werden sagen, ich sei nur hierhergekommen, um mir einen Kommunisten zu angeln. Dass ich auf der Jagd nach einem jungen, heiratsfähigen Mann bin.»

«Kann dir nicht egal sein, was die Leute über uns denken?»

«Was glaubst du eigentlich?» Sie schaute auf die hohen, dunklen Wellen, die sie sich vielleicht nur einbildete. Das hier war ein kleiner See, kein offenes Gewässer. «Dir kann es egal sein, aber mir nicht. Ich werde nie mehr in der Partei Fuß fassen können, wenn es rauskommt. Ich kann mich dann nirgendwo mehr blicken lassen.» Sie schluckte. «Es tut mir leid, aber das ist die Bedingung.»

«Cruci, wie stellst du dir das vor? Also ganz praktisch?»

«Wir treffen uns ab und zu heimlich und verbringen offiziell nur Zeit zusammen, wenn Lucia dabei ist. Die Leute sprechen eh schon über uns drei. Das reicht. Wenn wir uns zu zweit sehen wollen, machen wir das nur hier, an unserem Ort. Und wenn das Schuljahr zu Ende ist, schauen wir weiter. Das wäre mein Vorschlag.»

Crucis Knie zitterten nicht mehr. Sie war froh, dass

es raus war. In den letzten Tagen hatte sie über nichts anderes nachgedacht, und sie war sich sicher, dass es nur diesen Weg gab.

Niemals würde sie für einen Mann alles aufs Spiel setzen, ihre Karriere, das Vertrauen ihrer Eltern, ihre Zukunft. Auch nicht, wenn dieser Mann sie gerade mit seinen treuen, in der Dunkelheit seltsam verformten Augen anschaute.

Er breitete die Decke für sie aus und ließ sich darauf nieder. Er streckte ihr die Hand entgegen.

«In Ordnung, Cruci. Wenn es dein Wunsch ist, machen wir es so. Niemand soll von uns erfahren.» Er lächelte. «Vielleicht macht es unser Zusammensein sogar noch aufregender. Wir sind wie Kinder, die sich vor ihren Eltern verstecken.»

Sie fand, das klang merkwürdig, folgte aber seiner Hand und ließ sich neben ihn ziehen. Sie nahm seine Wärme auf, legte ihren Kopf auf seine Schulter. Obwohl sein Schlüsselbein pikste, änderte sie nichts an ihrer Haltung. Gemeinsam lauschten sie dem Wasser, dem Rascheln der Blätter, und einfach so, als ob nichts dabei wäre, nahm er Crucis Gesicht in seine Hände und küsste sie auf die Lippen.

Cruci spürte, wie sich alles auf einen Schlag in ihr entspannte. Wie hatte sie eben so ernst sein können?

Er sah sie an. «Ich werde dich niemals verletzen, Cruci. Wir machen alles so, wie du es als richtig empfindest.»

Er küsste sie noch mal, Cruci vergaß, warum sie überhaupt hier waren. Aber dieser Platz am See würde ihr Ort bleiben, das wusste sie, und sie wusste auch, dass sie nach dem Schuljahr in Frattocchie immer noch zusammen wären. Sie würden in der gleichen Partei arbeiten und endlich ihre Liebe offen zeigen können, ohne böse Blicke zu fürchten.

Das alles ging ihr durch den Kopf, während sie seine Lippen auf ihren spürte. Sie malte sich eine Zukunft mit ihm aus, obwohl die Gegenwart noch unklar war. Aber seine Küsse ließen ihr keine Ruhe, sie konnte sich nicht entziehen, wollte ihn mehr spüren, mehr von ihm, ihn ganz für sich.

Doch für heute würde sie sich zufriedengeben.

15

Als sie in ihr Zimmer zurückkam, den Geschmack von Antonio auf ihren Lippen, lag eine Postkarte auf ihrem Schreibtisch. Sie erkannte das Meer, die Kräne am Hafen, die hohen, terrakottafarbenen Wohnblöcke, die Berge, die sattgrünen Bäume. Palermo.

Sie strich mit der Hand über das Bild, dann drehte sie die Karte um. Die geschwungene Handschrift ihrer Mutter. Sie hatte schnell geschrieben, fast unleserlich, aber Cruci konnte alles entziffern, sie kannte die Schrift von zahllosen Einkaufszetteln.

Meine liebste Cruci,

wir sind so glücklich und hoffen, es geht dir gut. Lern viel und komm ganz bald zu uns zurück. Wir sind stolz auf dich.

Wir umarmen dich,
deine Familie

16

Über ihren Köpfen schwebte Zigarettenrauch. Cruci verfolgte die Bewegungen des Qualms an der Zimmerdecke, hörte Lucia reden, aber ihre Gedanken strömten woandershin.

«Ey, hörst du mir eigentlich zu?»

Cruci spürte Lucias Ellbogen an ihrer Hüfte.

«Entschuldige, Cicia, ich stehe heute ein bisschen neben mir. Was hast du gesagt?»

«Vergiss es. Was geht dir durch den Kopf? Ist es Antonio?»

Cruci schwieg.

«Du weißt, du kannst mir alles sagen. Ist etwas passiert?»

«Ach nichts. Gerade ist einfach alles zu viel. Ich kann mich nicht richtig auf den Unterricht konzentrieren. Ich muss es irgendwie schaffen, meinen Notenschnitt zu halten.»

«Musst du das? Was passiert denn, wenn du mal nicht die Beste bist?»

Das war ein klassischer Lucia-Satz. Es machte Cruci ein bisschen wütend, dass Lucia den Unterschied zwischen ihnen nicht mitdachte, sondern immer glaubte, sie seien einander ebenbürtig. Das waren sie nicht.

«Was meinst du damit: *Was passiert denn*? Es passiert dann viel. Ich habe nicht alle Möglichkeiten dieser Welt, um etwas aus meinem Leben zu machen, Lucia. Ich muss hier einen guten Eindruck hinterlassen, mich hocharbeiten, mir alles alleine aufbauen. Ich hab keine familiären Kontakte, auf die ich zurückgreifen kann.»

Cruci merkte es sofort, sie hätte den letzten Satz nicht aussprechen sollen. Ihre Freundin würde es als Angriff empfinden, sie war intelligent genug, um zu verstehen, wen Cruci mit familiären Kontakten meinte.

Lucia nahm sich eine Zigarette aus der Packung und zündete sie sich in aller Ruhe an.

«Hmm», hörte Cruci nur, dann Stille.

Die Rauchwolken stiegen wieder zur Decke, veränderten ihre Form und wurden zu Fratzen. Lucia strich sich über den Kopf, nahm ihre Haare zusammen und band sie sich zu einem Knoten. Ihre Augen fixierten Cruci.

«Lass uns einen Pakt schließen, Cruci. Wir beide werden unseren sehr guten Notenschnitt bis zum Ende des Jahres halten, unsere Ideale niemals verraten und uns von niemandem ablenken lassen – weder von unseren Familien noch von irgendwelchen Männern. Einverstanden?»

Cruci wusste, auf welche Ideale Lucia anspielte, aber sie verstand nicht, wieso es dafür einen Pakt brauchte.

«Natürlich», sagte sie. «Ich muss meine Leistung halten, da gibt es keine Alternative. Und ansonsten bleibt es bei unserem Plan: Wir beide versuchen, ins Bottegone, in die Parteizentrale, zu kommen, und werden gemeinsam von innen heraus die Verhältnisse verändern: Wir werden, wenn wir erst mächtig genug sind, Frauen an die Spitze befördern und die Partei auch in allen anderen Fragen modernisieren, um sie zukunftsfähig zu machen.»

Lucia lächelte, ihre Augen leuchteten.

Cruci holte ihr Notizbuch aus der Nachttischschublade und blätterte bis zur vorletzten Seite. Da standen die Namen der Frauen, die für sie eine Vorbildfunktion hatten: Rossana Rossanda und Nilde Iotti, beide Kämpferinnen in der Resistenza, die sich in der Partei hochgearbeitet hatten, auch wenn Rossanda später ausgeschlossen wurde, weil sie zu kritisch war, während Iotti Europaabgeordnete wurde. Zwei unterschiedliche Lebenswege, die ihr zeigten, was für Frauen alles möglich war.

«Schau, hier, was ich in mein Heft geschrieben habe, direkt an dem Tag, an dem wir uns kennengelernt haben.»

Lucia schien zufrieden. Dann nahm sie Cruci in den Arm, küsste sie sanft auf die Wange. «Und was ist mit Antonio?»

«Was soll mit ihm sein? Ich habe ihm schon gesagt, wie ich mir meine Zukunft vorstelle. Es gibt keine Geheimnisse zwischen uns. Oh, Cicia, gib ihm eine Chance.

Du willst mich beschützen, ich weiß, aber er ist nicht wie die anderen. Vertrau mir.»

«Ich werde es versuchen, Cru. Du magst ihn sehr, nicht wahr? Vielleicht ein bisschen zu sehr.»

«Ich weiß es nicht. Ich fühle mich in seiner Nähe einfach anders, seine Küsse elektrisieren mich, als ob ein kleiner Schlag von dem Punkt zwischen meinen Augen bis zu den Füßen runtergeht. Ich kann es nicht beschreiben, es klingt albern, wie in den Liebesschmonzetten, aber so fühlt es sich an. Und eigentlich darf es nicht sein. Doch jetzt ist es passiert, und ich kann nicht mehr zurück.»

«Jetzt ist *was* passiert? Habt ihr mehr gemacht, als euch zu küssen?»

Cruci schüttelte den Kopf. «Nein, aber ich fühle mich zu ihm hingezogen, auch körperlich. Ich würde es nie jemandem erzählen, aber dir vertraue ich, weil ich sicher bin, dass du mich nicht verurteilst.»

«Hast du Wein da?», fragte Lucia, obwohl sie die Antwort kannte. Sie stand schon in der Tür: «Bin gleich wieder da.»

Cruci warf sich aufs Bett, nicht theatralisch, wie es die Frauen manchmal in den Filmen taten. Sie begann, die Blutflecken der toten Mücken an der Zimmerdecke zu zählen.

«Willst du auch?» Lucia war zurück, hielt eine Weinflasche und zwei Gläser hoch. Cruci schüttelte den Kopf. Lucia begann, sich einzuschenken, trank das Glas leer, schenkte sich nach.

«Also bevor du irgendwas machst, kommst du zu mir, ja? Versprich es mir. Dann reden wir über alles. So, und jetzt stoß wenigstens mit einem Minischluck auf unseren Pakt an.»

Lucia gab ihr das Glas, und Cruci nahm es entgegen.

17

Die Gärten kleideten sich in neuen Farben, Cruci spürte den warmen Wind aus dem Süden, während sie am offenen Fenster stand. Sie konnte schwören, es war der Scirocco, den Duft hätte sie überall erkannt.

Sie war unruhig. Sie vermisste ihre Heimat, ihre Familie, schon sechs Monate hatte sie fern von ihr verbracht. Sie seufzte, atmete noch einmal tief ein und verließ dann ihr Zimmer Richtung Aula.

Heute stand Geschichte der Parteigründung an. Wie oft hatte sie den Entstehungsmythos des PCI schon gehört. Die Aula schüchterte Cruci inzwischen weniger ein, sie hatte sich an den großen Raum und die Erwartungen, die sich damit verknüpften, gewöhnt.

Lucia und Antonio saßen schon in der ersten Reihe. Lucia winkte ihr zu. «Wir haben dir einen Platz freigehalten», rief sie.

Antonio lächelte unbestimmt. Cruci setzte sich zwischen sie und wandte den Blick zum Podium. Schnellen Schrittes betrat Sergio Rossi die Bühne.

«Genossen, wir haben heute viel vor. Lassen Sie uns keine Zeit verlieren. Und im Anschluss wird ein Gruppenfoto von uns allen für die Schulzeitung gemacht.»

Wieder einmal hatte Cruci Schwierigkeiten, sich

zu konzentrieren. Sie würde den Stoff abends in Ruhe nacharbeiten, das fiel ihr leichter. Lucia schob ihr einen Zettel zu. «Geht es dir gut?», stand mit schwarzer Tinte darauf geschrieben. Sie drehte sich zu ihrer Freundin um und zuckte mit den Schultern.

«Und denken Sie immer daran», sagte Rossi gerade, «die einzig wahre Schule ist die Partei selbst.»

Cruci sah die Wortfetzen an sich vorbeiziehen. Sie spürte, dass Antonio ebenfalls unruhig war, aber sie hatte keine Kraft, ihm sein Unbehagen zu nehmen. Ihr Blick schweifte zu dem Gemälde von Guttuso, den hohen Fensterfronten, zu den Feldern draußen. Das Gras wehte heftig. Der Scirocco wühlte alles auf. Cruci wusste, vordergründig wirkte er angenehm und frisch, aber die Lage konnte schnell kippen, und er verwandelte sich in einen Sturm. Sie kritzelte ein wenig in ihrem Heft herum, Zeichnungen ohne Form, Inhalt, Sinn.

«Als Gramsci, Bordiga, Togliatti, Tasca und Terracini am 21. Januar 1921 im Teatro San Marco die Partei gründeten, stand kurze Zeit später auch schon die Gründungserklärung. Die wichtigsten Prinzipien waren folgende ...»

Seit ihrer ersten Verabredung hatten Antonio und sie kein einziges Mal gestritten, sie fühlte sich wohl in seiner Gegenwart, er ließ sie ganz sie selbst sein. Dass sie ihn zwang, ihre Beziehung geheim zu halten, bereitete ihr ein schlechtes Gewissen. Aber es war der einzige Weg.

«Neuntens, nur der proletarische Staat kann alle für das Eingreifen in die Ökonomie notwendigen Maßnahmen systematisch durchführen ...»

Sie hatte die ganze Stunde noch kein Wort mitgeschrieben. Nun hörte sie Rossi sagen: «Genossen, lassen Sie uns für heute den Kurs beenden und uns gemeinsam hier vor dem Gemälde für das Foto versammeln.»

Lucia und Antonio standen auf, Lucia berührte Cruci an der Schulter.

«Komm. Wir müssen los.»

Cruci folgte den beiden, Antonio streichelte kurz, ohne dass es jemand bemerken konnte, ihre Hand, was sie wahrnahm, aber nicht erwiderte.

Die Klasse versammelte sich vor dem Gemälde, Sergio Rossi sorgte dafür, dass sie sich nach Körpergröße aufstellten. Cruci hasste es, fotografiert zu werden.

«Carla, kommen Sie hier hin. Paolo, Sie hier, und Gianluca, stellen Sie sich dort auf. Antonio, Sie müssen in die Mitte.»

Bevor Antonio den Platz wechselte, berührte er abermals ihre Hand.

«Genossin Crocifissa, Sie müssen ganz nach vorne, und Lucia, Sie direkt dahinter. Ja, so ist es gut.»

Er war nun sichtlich zufrieden.

«Haben Sie das Gemälde und die Flagge im Blick?», fragte er den Fotografen, der in Jeans und mit offenem Hemd hinter der Kamera stand und den Daumen nach oben streckte.

Hoffentlich hat das alles bald ein Ende, dachte Cruci. Sie wartete nur noch auf die Kaffeepause, um sich endlich in ihr Zimmer zurückzuziehen.

«Also, seid ihr bereit? Drei, zwei, eins. Lächeln!», sagte der Fotograf. Cruci hörte das Klicken der Kamera. Sie versuchte, die Mundwinkel anzuheben, zeigte die Zähne und wusste, wie albern es aussah.

«So, und jetzt noch mal, aber alle ein bisschen freundlicher.»

Cruci gab sich Mühe, ohne Erfolg.

«Sehr gut, wir sind durch. Fünfzehn Minuten Kaffeepause, und dann geht es weiter», sagte Rossi, und die Masse bewegte sich in Richtung Ausgang.

«Cruci. Antonio. Kommt mal kurz her», rief Lucia. «Lasst uns noch ein Foto von uns dreien machen.»

«Warum das denn?», sagte Cruci. Sie ärgerte sich über ihre Freundin. Das würde nur die Aufmerksamkeit auf sie und Antonio lenken.

«Es ist doch nur ein Foto. Ich will euch für immer in Erinnerung behalten. Ist das zu viel verlangt?»

Antonio zuckte die Achseln.

Cruci konnte darauf nichts erwidern. Sie wollte keine Spielverderberin sein. Sie sah, wie Lucia zum Fotografen ging, der gerade seine Objektive einpackte und dann alles wieder rausholte. Er platzierte die drei Freunde gegenüber der Fensterfront. Cruci links, Antonio rechts, Lucia in der Mitte.

«So sieht es gut aus. Sehr schön», sagte der Fotograf.

Klick – Klick – Klick – Klick – Klick.

Dann war es vorbei. Cruci eilte zum Ausgang, Antonio lief ihr hinterher.

«Cruci. Cruci», rief er.

Sie drehte sich um.

«Wollen wir einen Kaffee trinken?»

Ihr Körper spannte sich an, doch statt nein zu sagen, nickte sie und folgte ihm in die Küche. In der Halle kamen sie an Carla und Beatrice vorbei, die sie vielsagend angrinsten.

«Siehst du, ich hab's dir doch gesagt», hörte Cruci Carla flüstern.

Cruci erstarrte, vergrößerte sofort den Abstand zu Antonio und sah ihn entsetzt an.

Alle wussten Bescheid. Sie hatten es nicht geschafft, ihre Beziehung geheim zu halten, dabei hatte Cruci sich so große Mühe gegeben: Nie waren sie zusammen in die Bar gegangen, nie hatten sie sich im Schulgebäude zu zweit gezeigt, immer war Lucia dabei gewesen. Nur jetzt nicht.

«Cruci, mach dir nichts draus», sagte Antonio.

Sie blieb stehen. «Ich soll mir nichts draus machen?» Sie schüttelte den Kopf und ließ ihn einfach stehen.

In ihrem Zimmer trat Cruci ans Fenster. Es hatte begonnen zu regnen, sie öffnete es und atmete die Luft ein. Ja, es war der Scirocco. Der Duft der Felder und von auf Asphalt verdampfendem Regen ließ sie zur Ruhe kommen.

Es klopfte an die Zimmertür. Antonio? Sofort bekam sie ein schlechtes Gewissen.

«Cru, mach auf. Ich bin's.» Es war Lucias Stimme.

Cruci drehte den Schlüssel um und öffnete ihrer Freundin. Noch im Türrahmen nahm Lucia sie in den Arm.

«Es ist nicht das Ende der Welt», sagte sie, als Cruci sich von ihr löste.

Cruci setzte sich aufs Bett, Lucia blieb stehen.

«Früher oder später musste es rauskommen. Du hast doch auch damit gerechnet.»

Cruci suchte nach Worten, sie fand keine.

«Ist doch viel besser so: Nun wissen es alle, und ihr könnt aufhören, euch zu verstecken.»

Sie lächelte, aber es wirkte nicht echt.

«Lucia, du weißt besser als ich, was das bedeutet. Ich werde als eine dieser Frauen gelten, die eigentlich auf die Frauenschule hätten gehen müssen, weil sie sich nicht beherrschen können.»

Lucia suchte nach einem Aschenbecher, fand keinen, ließ die Asche aus dem offenen Fenster fallen. Schwarze Flocken. Sie wandte den Blick nicht von Cruci ab.

«Verstehst du?», fuhr Cruci fort. «Ich habe es meinem Vater versprochen. Ich wollte die Schule mit Bravour meistern. Und jetzt bin ich verbrannt – für immer.»

Lucias Katzenaugen fixierten sie. Ihre Freundin schien einen Augenblick zu überlegen, dann rief sie: «Das ist doch Schwachsinn. Du hast dich verliebt – na und? Du musst das Spiel nicht mitspielen, das sie uns Frauen aufzwingen wollen. Du kannst beides haben: Liebe und Karriere. Außerdem bist du die Lieblingsschülerin des Direktors, schon vergessen? Was willst du denn noch?»

«Wie kommst du darauf?»

Cruci spürte, wie ihr Herz höherschlug. Machte Lucia ihnen beiden nicht gerade etwas vor? Frauen konnten *nicht* Liebe und Karriere haben. «Ach ja, wer hat denn beides?» Sie sah Lucia auffordernd an.

«Darum geht es nicht. Du bist nicht irgendwer, Crocifissa.»

Cruci verzog das Gesicht, sie war es leid. Lucia tat so, als ob sie nicht verstand, dabei wusste sie genau, wie die Sache lief. Schließlich hielt sie sich doch selbst von allen Beziehungen fern, keinen ließ sie an sich ran. Und nun stand sie vor ihr, rauchte und versuchte, sie zu belehren.

«Hör bitte auf. Wir wissen, wie es ausgeht, wenn ich mich weiter mit ihm treffe. Wir wissen es beide. Was soll ich nur tun?»

Lucia setzte sich neben sie aufs Bett, atmete laut aus, nahm Crucis Hände in ihre. «Willst du Antonio weiter sehen oder nicht?»

Lucias Frage traf Cruci wie ein Blitz. Sie musste eine Entscheidung treffen. Und war nicht bereit dazu.

«Ich weiß, wie es laufen *könnte*», fügte Lucia hinzu. «Aber du und ich sind in der Lage, den Lauf der Dinge zu ändern. Ich meine das ernst, Cru. Warum sollen

Frauen nicht beides haben können? Männer machen Karriere und gründen Familien, die ganze Zeit. Warum nicht wir?»

Cruci versuchte, ihre Tränen zurückzuhalten. «Ich weiß nicht, ob ich die Kraft dazu habe.»

Lucia blickte ihr tief in die Augen, kramte ein Stofftaschentuch aus ihrer Hose, hielt es Cruci hin.

«Du alleine vielleicht nicht. Wir beide zusammen schon. Komm, wir müssen zurück.»

18

Als sie den Raum verließen, hakte Lucia sich bei Cruci ein. Sie liefen den langen Flur zur Aula, vorbei an den Kommilitonen, Lucia mit erhobenem Kopf, Cruci den Blick gesenkt. Sie spürte das Starren auf ihren Körper, hörte das Gezische und ging einfach weiter. Bevor sie Antonio erreichten, löste Lucia ihren Arm und ging kurz zu ihm. Sie flüsterte ihm etwas ins Ohr und kam dann zu Cruci zurück.

Der Gong ertönte, die Schüler strömten in die Aula, jeder strebte zu seinem Platz, und dieses Mal war es Lucia, die in der Mitte saß, was Cruci gelegen kam. Hatte sie ihm *das* zugeflüstert?

Der Regen klatschte gegen die Fenster, Cruci zählte die Tropfen, die an der Scheibe zerplatzten, und gab bald auf. Es waren zu viele.

Als die Stunde beendet war, packte Cruci hastig zusammen. Sie verließen zu dritt den Raum, da trat ihnen Sergio Rossi in den Weg.

«Crocifissa, kann ich Sie bitte kurz in meinem Büro sprechen?»

Cruci erstarrte. Sie brachte ein kurzes «Ja» heraus, schaute zu Lucia, dann zu Antonio, beide versuchten, ihr ohne Worte Mut zu machen.

Während sie dem Direktor folgte, hatte sie Sorge,

die Bücher, die sie unter den Arm geklemmt hatte, fallen zu lassen. Sie versuchte, Schritt zu halten, aber ein Buch fiel direkt vor ihr zu Boden. Sie bückte sich und erkannte schwarze Lederschuhe mit perfekt zur Schleife gebundenen Schnürsenkeln. Schnell griff sie nach dem Band, «L'emancipazione femminile» von Palmiro Togliatti, hob den Blick und sah direkt ins Gesicht ihrer Kommilitonin Carla. Cruci lief weiter, Sergio Rossi bog bereits in den nächsten Flur ab.

«Bitte, kommen Sie rein», sagte er, als sie sein Büro erreicht hatten.

Cruci war zum ersten Mal hier. Der Raum wirkte wie ein Relikt aus einer vergangenen Zeit: die obligatorische Parteiflagge, der Holzschreibtisch, etwas chaotisch mit den vielen Zeitungsschnipseln und Papieren darauf, dem Kristallaschenbecher, einer Pfeifenbox, Akten. In den Holzregalen an den Wänden standen Bücher und noch mehr Bücher.

«Setzen Sie sich», sagte Rossi.

Cruci spürte das Holz des Sitzes, der rubinrote Samtbezug war zerschlissen. Rossi nahm am Schreibtisch ihr gegenüber Platz und blickte sie aufmerksam an.

«Also, mir ist nicht entgangen, dass Sie heute in der Vorlesung abwesend waren. Ich wollte Sie fragen – und ich hoffe, Sie verzeihen mir meine Indiskretion –, ob es Ihnen gutgeht.»

Sie blickte zu Boden. «Entschuldigen Sie, Herr Rossi, ich glaube, ich vermisse gerade einfach nur meine Familie.»

«Ja, das ist nichts Ungewöhnliches. Sind Sie zum ersten Mal so lange weg von zu Hause?»

Cruci fühlte sich wie ein Kind. Konnte die Partei eine so unreife Person überhaupt gebrauchen?

«Crocifissa, Sie sind die beste Schülerin Ihres Jahrgangs. Und Sie wissen das. Ich versuche, Sie für eine Karriere in der Partei vorzubereiten. Wenn es etwas gibt, über das Sie mit mir sprechen wollen, ist nun die Gelegenheit.» Er strich sich durchs Haar und redete einfach weiter. «Wissen Sie, ich habe schon sehr viel erlebt, in all den Jahren hier in der Schule und in der Partei. Einen alten Mann wie mich kann nichts schockieren.»

In diesem Moment verstand Cruci, dass er es wusste. Das Gerücht war schon zu ihm vorgedrungen, hatte die Hallen erreicht, die Kaffeeküche, das Volleyballfeld, das Lehrerzimmer. Es gab keinen Grund mehr, es zu leugnen. Schnell ging sie im Kopf ihre Optionen durch, aber keine war so überzeugend, dass sie sie in Worte fassen wollte. Sie fühlte sich in die Enge getrieben.

«Sie wissen es doch schon, Herr Rossi», sagte sie.

«Ich habe ein paar Gerüchte gehört, aber ich mache mir nichts aus Geschwätz.»

Cruci liefen die Tränen runter, einfach so. Wie naiv ich bin, dachte sie, während sie versuchte, sie mit der Hand aufzuhalten.

Er reichte ihr ein Taschentuch. «Crocifissa, erlauben Sie mir eine kleine Bemerkung. Wenn es stimmen sollte, wäre es kein Skandal. Sie haben nichts Verbotenes getan. Ich hoffe, Sie wissen das.»

Cruci konnte nicht aufhören zu weinen und schämte sich noch mehr. Sergio Rossi stand auf und setzte sich neben sie.

«Wollen Sie mir sagen, was Sie so aufwühlt? Vielleicht kann ich helfen.»

Sie begann zu erzählen. Alles. Von dem Tag an, als der Bescheid kam, und dem Versprechen, das sie ihrem Vater gegeben hatte, über die erste Begegnung mit Antonio; wie sie sich verliebt hatten, wie sie versucht hatten, es geheim zu halten, und dass sie nicht sein wollte wie die Frauen, von denen alle immer sprachen.

Der Direktor hörte ihr zu, ohne sie ein einziges Mal zu unterbrechen. Erst als sie fertig war, schaute sie ihm ins Gesicht. Es war von vielen feinen Falten durchzogen, unter den Augen waren schwarze Ringe. Aber sein Blick war warm. Wie viel er erlebt haben musste, den Krieg, den Aufbau der Partei ...

«Also, Crocifissa, das hört sich doch alles nicht so schlimm an. Solange Sie weiterhin hart arbeiten, werden Sie die Jahrgangsbeste bleiben, und niemand wird Ihnen etwas anhaben können. Ich sage das nicht, um Sie noch mehr unter Druck zu setzen, aber gerade jetzt müssen Sie es allen beweisen. Falls es irgendwie hilft, ich weiß, dass Sie es ernst meinen mit der Partei. Manchmal spielt uns die Liebe eben einen Streich. Für mich ändert sich dadurch nichts ... Wissen Sie, mir ging es ähnlich wie Ihnen. Vielleicht hat es Ihnen niemand gesagt, aber auch ich komme aus dem Süden, wir waren sieben Geschwister, mein Vater ist im Krieg gefallen, und wir mussten alle sehr früh arbeiten und Geld verdienen. Und auch mir lagen die Ideale der Partei sehr am Herzen. Ich hatte großes Glück und habe mich langsam hochgearbeitet, auch wegen meiner Zeit in der Resistenza. Aber auch mir hat die Liebe einen Strich durch die Rechnung gemacht, und ich hätte fast alles verloren. Ich bitte Sie, das für sich zu behalten, ich habe mich damals in eine verheiratete Frau verliebt, und als ob das nicht schon schlimm genug war, kam die Genossin auch noch aus Russland. Schauen Sie mich jetzt an: Ich bin glücklich verheiratet und Funktionär der Partei. Sie haben Jekaterina ja kurz kennengelernt. Und wie Sie selbst sehen, am Ende hat es das Leben doch gut mit mir gemeint.»

Cruci schniefte, dann sah sie ihn an. «Danke, Herr Rossi.»

19

Hallo, Mama, ich bin es. Ja, ja, alles gut. Ich ruf nur so an, nein, es ist nicht zu teuer, mach dir keine Sorgen. Ich ruf ja sonst nie an und durfte das Telefon hier in der Schule benutzen, Professor Rossi, der Direktor, hat es mir erlaubt, ich werde ihm ausrichten, dass du gesagt hast, Gott möge ihn beschützen, natürlich mache ich das.
Wie geht es euch? Wo ist Papa? Ach ja, stimmt, heute ist Dienstag, ich hab es ganz vergessen, wie läuft es denn bei ihm auf dem Markt? Passt er gut auf seinen Rücken auf? Und Giorgio? Gianni? Das war eh klar, sie werden nie ruhiger werden.
Hier ist alles ganz gut, Mama, ich habe tolle Menschen getroffen und lerne sehr viel. Mach dir keine Sorgen, alle behandeln mich gut, und ich habe immer noch meine Freundin, Lucia. Ich hab dir ja schon von ihr erzählt. Sie kommt aus Rom, und wir verstehen uns sehr gut. Es ist uns beiden gleich wichtig, was uns hier in der Schule beigebracht wird. Wir diskutieren viele Stunden darüber. Ich habe eure letzte Postkarte bekommen, vielen Dank. Ich vermisse Palermo so sehr, euch auch. Nein, ich weine nicht; nein, ich werde auch nicht sentimental, ich wollte nur so anrufen, um deine Stimme zu hören. Nein, das ist kein Heimweh, einfach nur so, ich bin nicht seltsam.

Ich wollte nur sagen, dass eure Postkarte angekommen ist, mehr nicht.

Darf eine Tochter nicht einfach mal ihre Mutter anrufen, ohne bestimmten Grund? Warum muss alles immer einen Grund haben? Das stimmt nicht, ich wechsele nicht das Thema, aber hier in der Schule geht es nicht zu wie in deinen kitschigen Liebesromanen. Ich weiß das, aber so ist es nicht, ich bin hierhergekommen, um zu studieren und mich auf die Inhalte der Partei einzulassen. Mama, willst du unbedingt, dass ich einen Mann kennenlerne? Ich bin doch noch jung, ich habe Zeit, nein, ich werde nicht für immer allein bleiben. Ja, natürlich warst du schon in meinem Alter verheiratet und hattest fast dein erstes Kind, ja, ich weiß, aber gerade ist für mich die Partei wichtiger. Was wirst du heute kochen? Ich lenke nicht vom Thema ab, aber wir haben doch alles dazu gesagt, oder nicht? Ich werde nicht frech, ich sag es nur. Gut, was möchtest du noch wissen? Sei bitte nicht so, ich hab es nicht so gemeint, natürlich darfst du alles fragen, du bist meine Mutter und hast ein Recht zu wissen, was in meinem Leben passiert. Nein, ich bin nicht geheimniskrämerisch, entschuldige, ja, ich wollte nicht widersprechen. Gut.

Also, was kochst du heute, Mama? Ich will dich nicht länger aufhalten, gib Papa einen Kuss von mir – und auch Giorgio und Gianni. Ich melde mich ganz bald wieder, ja, ich vermiss euch auch.

20

1979, PALERMO

Er hatte Schweißperlen auf der Stirn, sein weißes Hemd zeigte Flecken unter den Achseln, still bewegte er den Mund, um seine Rede einzuüben. Ab und zu hielt er inne und schaute zu Cruci, dann machte er weiter.

Es war Herbst 1979. Sie hatte Antonio vom Bahnhof abgeholt, und jetzt standen sie vor der Tür von Crucis Elternhaus. Sie sah erwartungsvoll zu den Balkonen hoch, aber es war niemand zu sehen.

Sie klingelte, ihr Vater machte auf, er trug seinen besten Anzug.

«Ich lasse dich nur rein, weil du Kommunist bist», sagte er mit ernster Miene zu Antonio.

Der ließ Cruci den Vortritt, sie küsste ihren Vater, ihre Mutter, die mit leuchtenden Augen dazugekommen war. Cruci sah die Kommode, die Porzellanschale, lief in Richtung Küche, als sie die Stimme ihres Vaters hinter sich hörte.

«Wo läufst du hin? Wir haben einen Gast, Crocifissa, *du* hast einen Gast.»

Crucis Vater führte Antonio ins Wohnzimmer, wies ihm einen Platz auf dem plastiküberzogenen Sofa zu.

Cruci setzte sich neben Antonio, vielleicht zu dicht, und rückte schnell ein Stück von ihm weg. Die Rollläden waren noch nicht hochgezogen, nur kleine Sonnenstrahlen konnten sich ihren Weg durch die feinen Ritzen auf den Esstisch, den Fliesenboden, die weißen Wände bahnen. Ihr Vater setzte sich auf den Sessel gegenüber, mit geradem Rücken und strengem Blick.

«Ich mach uns mal einen Kaffee», sagte Crucis Mutter und verschwand in die Küche.

«Ich geh Mama helfen.» Cruci stand auf und folgte ihr.

Anders als das Wohnzimmer war die Küche sonnendurchflutet, Cruci atmete durch. Ihre Mutter füllte Kaffee in die Moka und summte ein Lied von Donatella Rettore mit:

Sono splendida splendente
Io mi amo finalmente
Ho una pelle trasparente
Come un uovo di serpente

Kurz war Cruci irritiert. Hatte sie ihre Mutter je ein solch modernes Lied singen hören? Woher sie das kannte? Sofort schämte sie sich für ihre Gedanken. In Wahrheit machte es Cruci in diesem Moment glücklich, es erinnerte sie daran, wie ihre Mutter ihr früher zum Einschlafen vorgesungen hatte, aber das waren Lieder aus einer anderen Zeit gewesen, aus der Zeit des Krieges: *Bella Ciao*.

«Dein Antonio macht einen guten Eindruck», sagte ihre Mutter, als sie den Kaffee zurück ins Regal stellte. «Ich freu mich so für euch.» Sie strich sich ihr Kleid zurecht, dann übergab sie Cruci das Tablett mit den Kaffeetassen. «Los jetzt.»

21

Liebe Cicia,

mein Vater hat zugestimmt, aber nur, weil er Kommunist ist. So hat er es zu ihm gesagt. Ich bin glücklich, und du hoffentlich auch für mich.

Hass mich nicht, ich halte mich an unseren Pakt.

In Liebe,
Cruci

22

Meine Mutter sitzt mir gegenüber, seit Stunden hat sie ihre Haltung kaum verändert. Sie wirkt immer noch kühl. Sie erzählt ihre Geschichte, als ob sie selbst kein Teil von ihr sei.

Wie meine Eltern sich kennenlernten, habe ich oft gehört. Aber in meiner Familie neigen wir dazu, die Dinge kurz zu halten, uns auf das Nötigste zu beschränken. Wir schmücken nichts aus, wir haben keine Zeit für Dramaturgie.

Bisher lautete ihre Geschichte so: Meine Eltern hatten sich in der kommunistischen Schule bei Rom kennengelernt, meine Mutter wollte sich auf keinen Fall in einen Mann verlieben und hat es trotzdem getan, bald darauf Heirat, Umzug nach Köln, Kinder. Fertig. Aber von einer Frau, die im Leben meiner Mutter eine Rolle spielte, hatte ich nicht gewusst.

Warum erfahre ich erst jetzt von Lucia, jetzt, wo sie tot ist? Warum hat meine Mutter sie verschwiegen, wenn es doch ihre beste Freundin war? Ich würde gerne fragen, aber ich traue mich noch nicht, die Stille zu durchbrechen.

«Soll ich uns noch einen Kaffee machen?», fragt sie.

Ich antworte mit einem Nicken, sie erhebt sich von ihrem Sessel.

Die alten Fotos liegen ausgebreitet auf dem Glastisch, und wieder starrt mich Lucias Bild an. Diesmal ist es ein anderes, mein Vater ist nicht mit drauf, und meine Mutter wirkt unglaublich jung. Ich erkenne im Hintergrund ein Volleyballfeld.

Lucia sieht fast genauso aus wie auf dem anderen Bild. Ich halte die Intensität ihres Blickes nicht aus und kann mich trotzdem nicht lösen.

Auf dem Foto sieht meine Mutter naiver aus, als ich sie jemals gesehen habe. Ich kenne sie nur als beherrschte Frau. Auf viele Menschen wirkt sie unnahbar, weil sie ihre Emotionen nicht nach außen kehrt, aber mit ihren Kindern, mit Rosa und mir, war sie immer liebevoll. Sie hätte sich ihre eigene Niere rausgeschnitten, um sie uns zu geben. Uns fehlte es an nichts, weder an Zuwendung noch an materiellen Dingen.

Vielleicht bin ich meiner Mutter ähnlicher, als mir lieb ist. Auch ich hasse Kontrollverlust. In all den Jahren habe ich nur einmal gesehen, wie meine Mutter sich gehenließ, und das war nach dem Tod meines Vaters. Sie hatte keine Kraft mehr, wollte nicht mehr. Sie blieb die ganze Zeit im Bett, Essen wurde für sie zur Zumutung. Als ob sie, nur weil er aufgehört hatte zu existieren, auch keinen Grund mehr hatte zu leben. Ich stand hilflos daneben und konnte nichts tun. Sie hatte so viel für mich getan, und ich gab ihr nichts zurück. Wie auch? Ich wusste nicht, was es heißt, seinen Partner zu verlieren, und ich weiß es immer noch nicht. Nur, was es bedeutet, den eigenen Vater zu verlieren, das weiß ich.

Damals war ich so mit meiner Trauer beschäftigt, dass ich keine Muße hatte, mich mit ihrer auseinanderzusetzen.

Erst nach drei Monaten war sie aus dem Bett aufgestanden. Ihr Gesicht hatte sich verändert, ihre neu hinzugekommenen Falten erzählten von ihrem Schmerz. Als ich ihr vorschlug, eine Therapie zu machen, hätte ich mir die Reaktion eigentlich denken können.

Ich hätte ein besserer Sohn sein, hätte mehr an sie und weniger an mich denken müssen. Ich hätte und hätte – aber ich entschied mich für die egoistische Option, floh von zu Hause, sobald ich konnte. Vielleicht hätten wir offener sprechen sollen, vielleicht wäre ich dann in Köln geblieben, aber ich glaube eigentlich nicht daran. Ich habe sie alleingelassen und, wenn überhaupt, ihr aus der Ferne dumme Ratschläge gegeben. Sachen, zu denen Freunde mir geraten hatten. Aber meine Familie ist keine liberale deutsche Familie, es gelten andere Regeln, und Therapie ist keine Option. Wir reden nicht über unser Innenleben, schon gar nicht mit Fremden.

Während ich das Berliner Klischee lebte und in dunklen Kellern verschwand, mich an den Körpern anderer Männer berauschte, war meine Mutter allein in Köln. Meine Schwester war schon lange nach Italien gezogen, um eine eigene Familie zu gründen, die, auch wenn niemand das zugeben will, langsam die alte, also uns, ersetzt. Meine Mutter war allein, wir haben sie fallen gelassen, wie einen alten Lappen.

Lucia blickt mich von dem Foto aus an. Sie versteht alles, sie durchschaut mich.

Das Geräusch der Kaffeetassen holt mich in die Gegenwart zurück. Meine Mutter schiebt die Fotos zur Seite, um Platz für das Tablett zu machen. Die Zuckerdose hat sie nicht mitgebracht, wir trinken unseren Kaffee schwarz.

«Als du zur Welt kamst, gab es die Partei, das Bottegone und die Schule schon nicht mehr», sagt meine Mutter. «Die Zeiten hatten sich geändert, alles hatte sich geändert.»

Sie erzählt weiter von ihrer Vergangenheit. Und dabei scheint das Bottegone, die Parteizentrale, eine wichtige Rolle zu spielen. Warum habe ich noch nie von diesem Ort gehört? Meine Mutter behauptet, wir seien mal bei einem Rombesuch dort vorbeigelaufen, aber ich erinnere mich nicht.

Es gibt ein Foto von einer dieser Reisen. Ich entdecke es auf dem Tisch und schiebe es in unser Blickfeld. Darauf sehe ich mich am Rand des Trevi-Brunnens sitzen und übers ganze Gesicht grinsen. Meine Mutter steht neben mir, in einem engen, schwarz-weißen Kleid, es ist ein wenig hochgerutscht und gibt den Blick auf ihre Knie frei. Sie trägt eine Perlenkette, eine große Sonnenbrille, ihre Lippen sind knallrot geschminkt. Sie lächelt. Ich liebe dieses Foto sehr. Ich stelle mir meinen Vater hinter der Kamera vor, mit am Bauch zusammengeknotetem Hemd, wie er es im Urlaub immer trug.

Ich erinnere mich nicht, warum wir überhaupt nach

Rom geflogen sind. Was hatte mein Vater dort zu tun? Bestimmt irgendwas mit der Partei, die auf den PCI gefolgt war, aber was genau? War mein Vater überhaupt in dem Moment bei uns? Vielleicht hat auch ein Fremder das Foto geschossen. Irgendein amerikanischer Tourist in Cargoshorts, Cappy und Wandersandalen.

Ich stehe auf und umarme meine Mutter, sie wirkt irritiert, während sie so auf ihrem Sessel sitzt. Sie legt nicht die Arme um meinen Körper. Ich spüre nicht ihre Wärme. Ich schaue sie an.

«Rocco, ich breche nicht zusammen, du musst dir keine Sorgen machen», sagt sie und setzt sich aufrecht hin.

Das Handy meiner Mutter klingelt. Nachdem dreimal der Refrain aus Loredana Bertès «Non sono una signora» ertönt, geht sie ran. Ich summe die Melodie mit, höre an der Art, wie meine Mutter spricht, wer dran ist.

«Ciao, Rosa», sagt sie. Sie geht mit dem Telefon in die Küche.

An dem Tag, als ich meinen Vater das letzte Mal sah, war zufällig auch meine Schwester mit im Zimmer. Er lag abgemagert in seinem Krankenbett, hatte angeblich den Wunsch geäußert, mich noch einmal zu sehen. Ich weiß bis heute nicht, ob es wirklich so war. Und selbst wenn, dann gibt es mir keinen Halt, spendet mir keinen Trost. Im Gegenteil.

Wäre das alles in einer Netflix-Serie passiert, hätte er noch einen wichtigen Satz gesagt, bevor er seinen letzten Atemzug getan hätte. Aber einen solchen Satz gab es nicht. Ich empfand Wut, als ich das Krankenzimmer verließ: Ich war zu ihm gefahren, doch er ließ mich unwissend zurück, keine geheime Botschaft, kein Code, den ich knacken könnte. Er sagte mir nicht: Werde Kommunist, lies die und die Texte, und du wirst Antworten finden. Er sagte mir gar nichts. Ich gab seinem gelben Gesicht einen Kuss, strengte mich sehr an, nicht zu weinen, und verließ das Zimmer. Am selben Abend verstarb er.

Ich höre meine Mutter, wie sie zu meiner Schwester sagt: «Nein, überhaupt nicht schlimm. Mach dir keine Sorgen, sagt einfach Bescheid, wann ihr es schafft. Ciao Amore. Grüß den Kleinen.»

Sie kommt zurück ins Wohnzimmer.

«Geh raus spazieren», sagt sie, «du brauchst Nikotin. Ich es sehe dir an.»

Ich kann den Schock in meinem Gesicht nicht verbergen. Sie mag es eigentlich nicht, dass ich rauche, und deshalb sprechen wir nicht darüber. Ich stehe auf, ziehe meine schwarze italienische Daunenjacke an und verlasse die Wohnung. Die eiskalte Luft schlägt mir entgegen, ich spüre, wie meine Nasenspitze rot wird.

Ich hasse die deutsche Kälte. Ich laufe die Straße runter, durch ein Viertel, das ich nicht mehr gut kenne, in Richtung Südstadt. Die Bonner Straße hat sich verändert. Ein Jahr war ich nicht hier, die Gentrifizierung hat sich wie ein Geschwür ausgebreitet. Auf den Straßen spazieren glückliche Familien mit Kleinkindern, sitzen in den Cafés, die Wörter wie «Prinzessin», «Frosch» oder «Gold» im Namen tragen. Ich erkenne nichts, ich sehe keine Frauen mit Kopftüchern, ich höre kein Italienisch mehr.

Ich möchte jetzt nach Hause, wobei ich damit nicht Berlin und auch nicht die Wohnung meiner Mutter meine. Sondern das Haus, in dem ich aufgewachsen bin.

Die Geschichtsschreibung verlangt, dass ich in einem Sozialbau aufgewachsen sein muss, aber das stimmt nicht. Ich verbrachte meine Kindheit in einer Altbauwohnung mitten in der Kölner Südstadt. Es war die erste Wohnung meiner Eltern in Deutschland, und ich habe nie danach gefragt, wie sie sie sich überhaupt leisten konnten. Vielleicht waren wir auch einfach reich, und ich hatte es nie richtig verstanden.

Als ich das Haus erreiche, muss ich dreimal daran vorbeilaufen, bis ich es erkenne. Es wurde gelb angestrichen, früher war es blau. Glaube ich zumindest.

Auf dem Dach ist eine neue Wohneinheit gebaut worden, so wie es die Architekten jetzt immer machen, wenn sie mit der Zeit gehen wollen: viel Glas, Schrägen, Balkon – das Neue soll ins Alte integriert werden. Ich will, dass alles so bleibt, wie es ist. Ich mag Veränderung nicht, will mir meine Erinnerungen nicht stehlen lassen.

Ich stelle mir vor, dass dort eine glückliche Arztfamilie wohnt und das Leben führt, das mir gehören könnte. Ich mache mit meinem iPhone Fotos, warum, weiß ich nicht. Es ist eine intuitive Handlung, als ob ich diesen Albtraum für immer in meinem Telefon aufbewahren möchte. Ich weiß, ich werde die Fotos, wie alle anderen, niemals anschauen, aber ich muss sie trotzdem machen.

Ich gehe die Namen neben der Haustür durch, gleite mit dem Finger über das goldene Schild. Kein Name kommt mir bekannt vor, es stehen nur Müllers und Fischers da.

Ob Lucia diese Wohnung jemals gesehen hat? Also die alte, die blaue? Und wenn ja, warum kann ich mich nicht an einen Besuch von ihr erinnern? Plötzlich schießt mir Ambra durch den Kopf, das etwas aufreizend tanzende Mädchen aus dem Nachmittagsprogramm des italienischen Privatfernsehens. Wie komme ich jetzt auf sie?

Ich zünde mir noch eine Zigarette an und laufe zurück zu meiner Mutter. Bevor ich in die Straße einbiege, mache ich einen Umweg zum Kiosk. Ich brauche Kaugummis. Es ist eine alte Gewohnheit, damit meine Mutter den Gestank des Rauchs nicht wahrnimmt.

Ich betrete die Wohnung, gehe ins Wohnzimmer und sehe die Kaffeetassen noch auf dem Tisch stehen. Die Fotos liegen genauso da wie vorher.

TEIL 2

23

1980, KÖLN

«Genossen, der große Parteigründer Antonio Gramsci hat einmal geschrieben: ‹Die Wahrheit zu sagen, ist revolutionär›.»

Cruci rollte mit den Augen, bevor Giuseppe seine Rede richtig begonnen hatte. Gramscis Gedanken zur Wahrheit hatten so viel mehr zu bieten, das Entscheidende wurde immer vergessen. *Die Wahrheit zu sagen, zusammen zur Wahrheit zu gelangen, ist ein kommunistischer und revolutionärer Akt*, sprach Cruci leise vor sich, damit die Worte atmen konnten. Die männlichen Redner ignorierten immer den Teil der Aussage, der das Kollektive und den Kommunismus beinhaltete. Zwei Wörter, die für Cruci den Unterschied machten.

Cruci fixierte ihren Mann, wie er in seinem dunkelblauen Anzug neben Giuseppe stand. Schön sah er aus, mit Zigarette im Mundwinkel, und ganz ernst, weil er versuchte, so zu tun, als höre er aufmerksam zu. Dabei rang er damit, Haltung zu bewahren und stramm neben seinem Vize zu stehen. Sie sah, wie Daumen und Zeigefinger seiner linken Hand aneinanderklopften, das hatte er schon in der Schule so gemacht, wenn er sich langweilte. Sie lächelte ihm zu, er bemerkte es nicht.

Während des auf neunzig Minuten angesetzten Vortrags bewegten die Zuhörer zustimmend die Köpfe. Cruci saß in der ersten Reihe, dem ihr zugewiesenen Platz als Ehefrau des Präsidenten. Sie drehte sich um, ließ den Blick schweifen. Die Frauen trugen ihre besten Kleider, die sie aus Italien mitgebracht hatten. Die einst grellen Farben waren verblasst, die Nähte ausgeleiert. Die Männer waren in Arbeiterhosen und Jackett, einige in dunklen Anzügen gekommen, die Bäuche spannten unter den Baumwollhemden.

Jeden Samstag ging das so. Cruci hasste den Didaktik-Tag im Kölner Kulturverein der Kommunistischen Partei Italiens. Obwohl das natürlich offiziell niemand so sagen würde, sollte er den Ungebildeten die kommunistische Sache näherbringen. Allein Giuseppes Einleitung hatte gereicht, um Cruci unendlich zu langweilen. Und wütend zu machen.

Warum durfte nicht sie über Gramsci sprechen? Sie kannte Gramscis Schriften besser als Giuseppe, das wusste auch Antonio. Giuseppe hatte noch nicht mal die Schule in Frattocchie besucht, er hatte keinerlei kommunistische Bildung genossen. Das war der Lauf der Dinge, so wie Cruci ihn mittlerweile kannte, und dennoch ärgerte es sie. Sie würde niemals auf dem Podium einen Vortrag halten dürfen, an der Seite ihres Mannes, geschweige denn allein. Was sollten denn die

Leute denken, wenn eine Frau ihnen etwas über den Kommunismus beibringen wollte?

Ein leiser Aufschrei unterbrach Giuseppes Vortrag. Cruci drehte sich um und sah, wie drei Reihen hinter ihr Giulio seine Hand auf Antoniettas Oberschenkel platzierte, unter ihrem Rock, sichtbar für alle. Antonietta kicherte affektiert. Wo war denn Maurizio, ihr Ehemann? Was Cruci an Antoniettas Verhalten störte, war nicht der potenzielle Ehebruch. Sollte sie doch flirten, mit wem sie wollte. Moral interessierte Cruci nicht, aber Heuchelei konnte sie nicht ertragen.

Antonietta schlug Giulios Hand weg und rief laut ein «Entschuldigung» in den Raum. Sie zog sich kokett den Rock zurecht und schaute wieder gebannt zum Podium, als ob nichts passiert sei und sie nur darauf warte, Giuseppe weiter zuhören zu dürfen. Giuseppe räusperte sich und fuhr fort.

Eine gute Stunde später ertönte lautes Klatschen im Saal. Cruci beobachtete, wie Giuseppe und ihr Mann vom Podium gingen und sofort ein paar wichtige Männer um sie herumschwirrten. Hände schütteln, den Chefs des Kulturvereins nahe sein, interessierte Fragen stellen.

«Was genau hat Gramsci gemeint, als er ...?» –

«Herr Präsident, wer wird denn nächsten Samstag den Vortrag halten?»

«Wissen Sie, hier in Deutschland ist es politisch so viel komplizierter als ...»

Cruci stand auf, schlenderte an den hohen Bücherregalen vorbei. Kurz bevor sie in die Küche abbog, streichelte sie unauffällig den weiß-schwarz-roten Buchrücken von Rosa Luxemburgs politischen Schriften, der einzigen weiblichen Autorin, die in all den meterhohen Regalen vertreten war. Sie nahm das Buch in die Hand, der Schutzumschlag war unversehrt. Sie hatte dafür gesorgt, dass ihr Mann sie in die Bibliothek des Kulturvereins aufnahm, hatte ihn regelrecht gezwungen, und er hatte nachgegeben, wie immer, wenn Cruci etwas unbedingt wollte. Behutsam legte sie den Band zurück an seinen Platz.

In der Küche blickte sie kurz zum Herd. Das Wasser in den übergroßen Töpfen kochte schon. Maria hatte heute Küchendienst, die Frauen teilten sich die Schichten demokratisch auf, manchmal kümmerte sich auch Antonio um das Essen, aber die anderen Männer dachten nicht mal im Traum daran.

Nach dem Vortrag wurde immer gemeinsam im Kulturverein gegessen, das gehörte zur Didaktik dazu. Erst sollten sie ihre Hirne mit Informationen vollstopfen, danach die Bäuche mit Wein und Pasta.

«Noch zwei Minuten, dann ist sie al dente, nicht verkocht wie beim letzten Mal», begrüßte Maria sie.

Cruci verstand die Anspielung sofort. Letztes Mal hatte *sie* gekocht. Aber sie hatte keine Lust auf Streitereien, blieb still und wartete auf die erste Anweisung von Maria. Bloß nicht auf jede Provokation eingehen. Die Hyänen, so nannte Cruci im Stillen die anderen Frauen im Kulturverein, versuchten es jedes Mal aufs

Neue. Wahrscheinlich, weil sie die Frau des Präsidenten war. Sobald sie mit einer spitzen Bemerkung konterte, gab es wieder Ärger, den ihr Mann schlichten musste. Ihm zuliebe würde sie sich heute Abend geduldig zeigen, er hatte sie darum gebeten, bevor er das Haus verlassen hatte, und sie hatte nicht widersprochen. Es war eine kleine Bitte.

Cruci reckte den Kopf aus der Küche und sah, wie die Leute an den großen Eichenholztischen Platz nahmen, dort, wo kurz zuvor noch die Stuhlreihen aufgestellt waren. Giusi, Annunziata und Antonietta hatten sich zusammen an einen Tisch gesetzt, dazu ihre Männer, mit Ausnahme von Maurizio. Die Kinder liefen noch durch den Saal und spielten Verstecken. Die Tische waren mit Rotweinflaschen, Parmesan, Tellern, Gläsern und Besteck gedeckt.

Cruci mochte den Moment, wenn sie alle zusammensaßen und speisten. Gerade dann bildete sich ein Kollektiv, fern von Lästereien und Bösartigkeiten, so meinte sie zumindest. Sie glaubte kurz daran, dass mit all den Menschen hier im Raum doch etwas Größeres entstehen könnte, dass sie gemeinsam die kommunistische Sache in Deutschland, in Köln, voranbrachten. Es waren rare Momente, in denen sie sich diesem Glauben hingab, denn mittlerweile misstraute Cruci eigentlich allen.

Sie vermisste Lucia. Gestern hatte sie einen Brief von ihr erhalten. Ganz Italien war immer noch in Aufruhr wegen des Anschlags in Bologna vor drei Monaten. 85 Tote. Faschistischer Hintergrund. Es hörte nie auf.

«Hier, nimm!», rief Maria und hielt ihr den ersten Nudeltopf hin.

Cruci fügte sich dem Befehl, trug den Topf zu dem Tisch, an dem ihr Mann saß, und platzierte die Pasta al pomodoro in der Mitte: «Guten Appetit.»

Antonio schaute kurz auf, zwinkerte ihr zu. Zum Glück hatte sie noch ihn.

Tin tin tin

Das Essen war beendet, die Hyänen standen rauchend in einer Ecke, schauten argwöhnisch auf sie. Cruci hatte früher, in Frattocchie, versucht, mit dem Rauchen anzufangen, wollte sich wie die Jungs bei politischen Diskussionen eine anzünden, die rote Glut an ihren Fingerkuppen spüren. Oder wie Lucia. Aber wenn sie selbst paffte, kam es ihr affektiert vor. Rauchte sie auf Lunge, musste sie husten und würgen. Irgendwann hatte sie sich eingestehen müssen, dass sie mit Zigarette im Mundwinkel niemals so aussehen würde wie Sandy Olsson in «Grease». Eher wie das Postergirl einer Anti-Tabak-Kampagne.

Die Heizungen waren voll aufgedreht, die Fenster verschlossen und vom Kondenswasser benetzt, der Dunst stieg bis zu den Decken, der Geruch von Rauch mischte sich mit Paris Yves Saint Laurent, Acqua di Rose und Azzaro pour Homme. Die Hyänen behielten sie im Blick, warteten nur auf einen Fehler von ihr. Was hatte sie wohl heute Überteuertes angezogen? Hatte sie etwa zugenommen? War sie schwanger? Oder hatte Eheprobleme? Cruci spürte die Fragen in ihren Blicken, während sie in der Mitte des großen Saales tanzte. Alleine.

Tin tin tin, raggi di luna, Tin tin tin, baciano te, sang Mina.

Cruci bewegte leicht die Zeigefinger. Bei jedem *Tin Tin* malte sie Punkte in die Luft und ließ langsam die Hüften kreisen, um sich auf den Refrain vorzubereiten. Der Takt wurde schneller.

Tintarella di luna, tintarella color latte,
che fa bianca la tua pelle, ti fa bella tra le belle,
e se c'è la luna piena, tu diventi candida.

Sie wippte vor und zurück, die Arme vom Körper entfernt, die Ellbogen gebeugt, die Beine schulterbreit, die Knie nach unten geneigt. Sie hatte die Augen geschlossen, konzentrierte sich nur auf Minas Stimme, versuchte, die Hyänen aus ihrem Kopf zu verbannen, ihr rechter Fuß hob jetzt ab, sie wippte und wippte, so wie Mina es in den Sechzigern vorgemacht hatte. Deren Gelassenheit fehlte ihr aber, obwohl Cruci wie die Sängerin eine enge schwarze Hose trug und ein weißes weites Hemd, das sie lose in die Hose gesteckt hatte. Leise bewegte sie die Lippen mit.

Tin tin tin, baciano te.

Sie fühlte sich lebendig, die Blicke der Männer gesellten sich zu denen der Frauen. Begehren mischte sich mit Verachtung. Sollten die Hyänen doch an ihrem Neid ersticken. Cruci hatte drei Gläser Rotwein getrunken, um sich Mut zu machen, um loszulassen, aber ein Rest Anspannung blieb.

Sie öffnete die Augen, hörte Mina die letzten Zeilen singen und sah ihren Mann mit Antonietta sprechen, deren Dekolleté wie immer bei Veranstaltungen im Kulturverein zu tief war. Ihr Mann schaute ihr ins Gesicht, das beruhigte Cruci ein wenig.

«Cruci, tanz mit mir», hörte sie Giuseppe sagen, der nun neben ihr auf der Tanzfläche aufgetaucht war und seine Hand auf ihre Hüfte legte. Er hatte diese seltsame Art vieler Männer, die ihr zu nahe kamen. Sie fassten sie an, berührten sie leicht, aber nicht auf eine Weise, die sofort erkennen ließ, wofür die Berührung stand. Antonio erzählte sie nie von ihrem Unbehagen in solchen Situationen.

Cruci befreite sich elegant aus Giuseppes Griff, Mina hatte aufgehört zu singen, und sie hatte keine Lust mehr zu tanzen, schon gar nicht mit ihm. Sie drehte sich um und warf ihm einen kühlen Blick zu, er schmunzelte, zuckte mit den Schultern, am liebsten hätte sie ihm seine gute Laune aus dem Gesicht geohrfeigt. Offenbar fühlte er sich wie ein großer, starker Mann, weil alle bei seiner Rede so getan hatten, als ob sie ihm zuhörten.

Aus dem Augenwinkel sah Cruci, dass Antonietta noch immer mit ihrem Mann flirtete, sie strich sich mit den rot lackierten Fingernägeln über den Ausschnitt und spielte mit dem kleinen Anhänger ihrer Kette. Ein Kreuz. Natürlich. Cruci wurde nun doch eifersüchtig, versuchte, das Gefühl abzuschütteln, und ging hinten rechts an die kleine Bar, um sich ein weiteres Glas Rotwein zu holen, als sie hörte, wie Maria neben ihr sagte: «Schau mal, da drüben.» Sie zeigte auf ihren Mann und Antonietta. «Antonietta will es heute Abend aber wissen. Sie ist extra schon früher in den Kulturverein gekommen, um dem Präsidenten zu helfen. Fragt sich nur, wobei ...»

Cruci versuchte, nicht darauf einzugehen. Sie kämpfte gegen den Zorn, der sich ihres Körpers bemächtigte. Vergeblich.

Sie lief zur Garderobe, schnappte sich ihren schweren Wollmantel und verließ den Saal.

Draußen spürte sie die harte Luft, sie war auf der Stelle wach und nüchtern. Warum konnte Lucia nicht bei ihr sein?

24

1981, KÖLN

Cruci hielt ein Megaphon in den Händen. Mit etwa tausend anderen Menschen demonstrierte sie vor einer Hochhaussiedlung in Köln-Meschenich gegen die Mieterhöhung des Eigentümers Schneider. Fast der ganze Kulturverein war gekommen, darunter Maria, Annunziata und Antonietta, die wie viele Italienerinnen und Italiener hier lebten. Sie nannten die Straße selbst so, «Spaghettistraße».

Cruci schaltete das Megaphon an, ein Knarren ertönte, dann herrschte Stille. Sie nickte sich selbst zu, den Rücken aufrecht, den Blick auf die Masse gerichtet, und schrie: «Wir sind keine Mäuse. Wir sind keine Ratten. Wir sind keine Nager.»

Sie machte eine Pause, damit die Leute ihre Worte wiederholen konnten.

Dann rief sie: «Auch wenn ihr es immer wieder behauptet: Wir sind weder dreckig noch unnütz!»

Wildes Klatschen, Stampfen auf dem Asphalt, feiner Staub stieg empor.

«Wir akzeptieren Schneiders Mieterhöhung nicht. Die Spaghettistraße gehört uns! Er wird uns mit seiner

Einschüchterungstaktik nicht los!» Das Megaphon knackte.

«Wir sind keine Tiere, Wir sind keine Tiere, Wir sind keine Tiere», skandierte die Masse.

«Als ihr dringend Arbeitsplätze zu vergeben hattet, waren wir euch noch gut genug», rief Cruci, «aber jetzt wollt ihr uns loswerden.» Sie hielt die Titelseite einer Zeitschrift hoch: «‹Ausländer raus!›, sagt ihr? Vergesst es, wir gehen nirgendwohin! Wir kämpfen gegen euren Hass, der verdächtig nach brauner Vergangenheit schmeckt.»

Gegröle, Gestampfe, Gekreische.

Cruci zupfte sich ihren Herbstmantel zurecht. Wie sehr wünschte sie sich Antonio her. Aber er war zu einer Parteikonferenz nach Rom gereist. Und Lucia? Nahm auch an der Konferenz teil. Cruci musste an Sergio, ihren Mentor aus Frattocchie, denken, mit dem sie immer noch in Kontakt war, und an Jekaterina, seine Frau, die ihr mittlerweile fast näherstand als er. Bei Sergio spürte sie immer einen Rest Enttäuschung über den Weg, den sie eingeschlagen hatte. Genau wie bei ihrem Vater. Ob die beiden Männer stolz auf sie wären, wenn sie sie hier sehen könnten?

Cruci schüttelte den Gedanken ab. Sie sprach nun direkt die Demonstrierenden an: «Schon über zweihundert Haushalte haben unsere Petition unterschrieben. Lasst eucht nicht einschüchtern von Schneider! Wenn wir alle zusammenhalten, wird er diesen Kampf nicht gewinnen.»

Rufe der Zustimmung.

«Bevor ich das Wort weitergebe, möchte ich mich noch bei der kommunistischen türkischen Gemeinde für ihre Unterstützung bedanken und bei den deutschen Gewerkschaften. Wir kämpfen vereint für unsere Rechte. Wir kommen aus der Türkei, aus Griechenland, Spanien, Marokko, Südkorea, Portugal, Tunesien, Italien, von überallher. Wir sind Frauen und Männer, Arbeiterinnen und Mütter. Ein Angriff auf einen oder eine von uns ist ein Angriff auf uns alle. Aber wir geben nicht auf. Niemals! Die Spaghettistraße gehört uns!»

Cruci hielt die Faust in die Höhe, die Menschen taten es ihr gleich.

Die Parabolantennen hinter Cruci unterstützten sie in ihrem Kampf, regungslos wie Soldaten, die auf einen Befehl warteten, waren sie auf jedem Balkon befestigt – still verrieten sie den Wunsch der Streikenden, ihrem Zuhause nicht komplett den Rücken zu kehren.

Cruci blickte auf die Masse. Auf die vertrauten Gesichter der Familien in den vorderen Reihen, und auf all diejenigen, die sie nicht kannte und die an ihrer Seite kämpften.

Sie ließ den Blick weiter schweifen, dorthin, wo «die anderen» standen. In ihren von akkuraten Zäunen begrenzten und sich zum Verwechseln ähnelnden Vorgärten mit den Gartenzwergen. Beängstigende Mienen mit hellen Augen, nach unten gezogene Mundwinkel, in Funktionskleidung, an den Füßen Sandalen: Für Cruci sahen diese Menschen alle gleich aus, die entschlossen ihre Plakate hochhielten: *Meschenich den Deutschen!*, *Geht zurück!*, *Ihr zerstört unsere Stadt!*. Diejenigen ohne Plakate hatten die Arme verschränkt, selbst die Kinder hatten die gleichen verächtlichen Fratzen wie ihre Eltern. Ein kleines Mädchen rieb sich die Hände, als ob sie darin eine Kakerlake zerquetschte.

Cruci spürte eine Hand auf ihrer Schulter. «Du bist wieder dran, Cruci», raunte die Stimme ihr zu, die ihren Namen langsam aussprach, mit einem K statt einem tsch in der Mitte des Wortes.

Sie sammelte sich, setzte das Megaphon an und schrie so laut sie konnte: «Wir sind kein Ungeziefer! Wir haben die Arbeit gemacht, die ihr nicht machen wolltet! Und den wenigen von euch, die sie doch gemacht haben, haben wir alles beigebracht. Ihr wusstet ja noch nicht mal, wie man streikt. Wir haben es euch gezeigt und zeigen es euch immer noch. Und was habt ihr gemacht? Nichts. Ihr habt uns schon während der Streiks das Messer in den Rücken gerammt, still gewartet, bis euer Land wirtschaftlich wieder stark wurde, dank uns. Und jetzt? Jetzt wollt ihr uns loswerden! Aber es ist auch unser Land, wir haben es mit aufgebaut, wir haben hier Familien gegründet, wir zahlen Steuern, und wir bleiben. Ob ihr es wollt oder nicht.»

Langsam setzte sich die Masse in Bewegung, schritt durch die Hochhaussiedlung, vorbei an den Fratzen in den Vorgärten, an wenigen Trost spendenden Bäumen, an Spielplätzen, die Angst verströmten und vielleicht für eine bessere Zukunft standen. An den Konditoreien, die ein Beweis ihrer Existenz in einem fremden Land waren und deren Fenster fast jeden Tag geputzt werden mussten, weil sie nachts beschmiert worden waren. Vorbei an der Autobahn, deren Lärm sie vom Schlafen abhielt und die eine mögliche Flucht bedeutete. Den Pizzerien, die ihnen Gespräche mit Deutschen eröffneten und deren Schmutz sie abends entfernen mussten. Sie liefen und liefen, Cruci ganz vorne. Die anderen Frauen des Kulturvereins hatten sich um sie geschart, sie hakten einander an den Ellbogen ein und wiederholten gemeinsam: «Wir sind keine Ratten! Wir sind keine Ratten! Wir sind keine Ratten!»

«Was für ein Tag. Danke, Cruci, dass du das für uns organisiert hast», sagte Maria neben ihr.

Sie war mittlerweile Leiterin der Frauengruppe im Kulturverein und hatte geholfen, die anderen Frauen für den Aufmarsch zu mobilisieren.

«Ich habe es für uns alle getan, Maria.»

«Aber du hättest es nicht machen müssen, du wohnst ja noch nicht mal in Meschenich.»

Cruci schüttelte den Kopf. «Maria, heute ist es Meschenich, morgen ist es die Südstadt. Meinst du, sie werden jemals aufhören, uns als Ungeziefer zu beschimpfen? Wenn wir nicht den Mund aufmachen, wird sich nie etwas ändern.»

«Kannst du nicht einfach mal ein Danke annehmen, Cruci? Ohne mir direkt Vorträge zu halten?» Maria sah sie verkniffen an.

«Wie bitte? Maria, das ist lächerlich.»

«Siehst du, du hältst dich einfach für was Besseres.»

Wie schnell sich das Blatt wenden konnte, dachte Cruci. Vor wenigen Minuten noch hatten sie für dieselbe Sache demonstriert, und schon waren sie wieder in ihren alten Streit verfallen.

«Ich halte mich überhaupt nicht für etwas Besseres, ich möchte nur nicht ständig angegriffen werden.» Sie blieb kurz stehen und sah Maria an. «Was ist eigentlich dein Problem mit mir? Bist du neidisch? Ist es das? Was habe ich dir getan?»

«Neidisch? Auf dich?», lachte Maria. «Warum sollte ich? Du hast nichts, Cruci, was ich auch nur ansatzweise haben möchte. Lass es dir gesagt sein.»

Cruci hob die Schultern und ließ sie müde fallen.

Es hatte keinen Sinn.

25

Zurück nahm Cruci Bus und Straßenbahn, sie wollte allein sein, sich nicht mit den anderen, die auch aus der Südstadt kamen, in ein Auto quetschen.

Sie setzte sich auf einen der freien Plätze, verspürte ein Unbehagen. Obwohl sie keine Demo-Plakate mit sich trug und die Pamphlete gegen die Mieterhöhung sicher in ihrer Handtasche verstaut hatte, fühlte sie sich beobachtet. Es war, als ob Hammer und Sichel auf ihrer Stirn leuchteten. Sie hielt den Blick nach unten gerichtet. Als die Bahn losfuhr, atmete sie auf.

«Ey du!», schrie jemand in ihre Richtung. «Ey du, ich sprech mit dir! Guck mich an, wenn ich mit dir rede, oder haben sie dir das nicht beigebracht, da, wo du herkommst?»

Cruci starrte auf ihre Schuhe.

«Ey, verstehst du mich nicht? Kannst du kein Deutsch?»

Sie ignorierte die Stimme, bis sie einen Umriss vor sich wahrnahm.

«Hallo, ich rede mit dir.» Jemand wedelte mit der Hand vor ihrem Gesicht.

Cruci blickte auf. «Entschuldigung, ich habe nicht gemerkt, dass Sie mit mir gesprochen haben», sagte sie in ihrem besten Deutsch.

Vor ihr stand ein Mann, fettiges Haar, betrunkener Blick, sein Gesicht feist und rosa. Plötzlich änderte sich sein Tonfall: «Na, meine Schöne, wo kommst du denn her?»

Cruci setzte sich aufrecht hin. Sie sah sich in der Bahn um, die anderen Menschen ignorierten sie.

«Bitte lassen Sie mich in Ruhe», sagte sie leise.

«Na, na, na. Warum denn gleich so frech? Macht man das so bei euch zu Hause? Du bist bestimmt eine heiße Spanierin oder Italienerin.» Er leckte sich über die Lippen.

«Würden Sie mich bitte in Ruhe lassen.»

«Erst, wenn du mir sagst, wo du herkommst.»

«Aus Italien, und nun gehen Sie bitte.» Sie sah sich wieder um. Niemand erwiderte ihren Blick.

«Aus Italien. Oh, là, là. Scharf war schon richtig. Pizza, Pasta und Amore, so heißt es doch bei euch.» Sein Gesicht war ganz nahe vor ihrem, er roch nach Aceton, seine Spucke landete auf ihrem Gesicht.

Cruci strich sie mit dem Oberarm weg, die Spucke blieb auf ihren gesträubten Härchen kleben. Schnell ging sie ihre Optionen durch: Sie könnte aussteigen und auf die nächste Bahn warten, aber er würde ihr folgen; sie könnte es mit ihm aufnehmen, schließlich war er betrunken, aber es war schwer, seine Kraft abzuschätzen; sie könnte jemanden in der Bahn um Hilfe bitten.

«Bitte lassen Sie mich», rief sie.

«Es heißt ja, ihr seid ziemlich wild im Bett, stimmt das?»

«Entschuldigung, Sie mit dem braunen Mantel, können Sie mir bitte helfen?»

Die Frau zwei Plätze vor ihr zeigte keine Reaktion.

«Entschuldigung, Sie da, mit der Einkaufstüte», wandte sie sich an die nächste, «dieser Mann belästigt mich. Können Sie mir bitte helfen?»

Stille, kalter Blick.

Cruci stand auf, aber der Fremde blockierte ihren Weg. Als er versuchte, sie anzufassen, wich sie aus.

«Wenn es dir hier nicht passt, du geiles Stück, dann musst du eben zurück in dein Land gehen. Schläfst du etwa nicht mit deutschen Männern?»

Seine Hand landete auf ihren Hüften, sie schlug sie weg.

«Bitte, hören Sie auf damit. Ich habe Ihnen nichts getan.»

«Hahaha, noch nicht. Ich hoffe, du tust mir noch was! Guck mal hier», er zeigte auf seinen Schritt, «darum kannst du dich kümmern, du italienische Schlampe. Das wollt ihr doch: einen deutschen Schwanz, damit ihr hierbleiben könnt.»

«Hören Sie auf, lassen Sie das. Gehen Sie zu Ihrer Frau, die kann sich darum kümmern.»

Er hob die Hand, Cruci duckte sich instinktiv.

Er nahm einen Schluck aus seiner Bierflasche. «Keine Widerworte!»

Cruci zitterte, die Bahn fuhr die Haltestelle an. Kurz bevor die Türen sich öffneten, wagte sie es, eine Hand auf die Schulter des Mannes zu legen.

«Siehst du, so ist brav, du bist doch meine italienische Schlampe.»

Sie atmete tief durch, hob dann das rechte Bein und rammte dem Mann ihr Knie in den Schritt. Er krümmte sich vor Schmerz. Schnell lief sie raus.

Als die Türen sich schlossen, hörte sie noch das erbärmliche Geschrei.

Auf dem Bahnsteig schnappte Cruci erst einmal nach Luft, sie zitterte, schlug sich immer wieder die Hand gegen den Kopf. «Ich bin so bescheuert», rief sie, «so bescheuert.» Sie ging in die Knie, versuchte, langsam zu atmen, schaffte es nicht. Sie hielt den Blick nach unten gerichtet, hechelnd wie ein Hund.

«Entschuldigung», hörte sie eine Stimme hinter sich.

Cruci blieb wie versteinert am Boden hocken. Da sah sie vor sich eine Wasserflasche.

«Hier, nehmen Sie einen Schluck. Ganz ruhig.»

Endlich wagte sie es hochzuschauen. Vor ihr stand ein Engel. Warme, dunkle Augen, braunes Haar, ganz in Schwarz gekleidet.

«Danke», sagte Cruci, nahm die Wasserflasche entgegen und trank. «Danke.»

Der Engel kniete sich zu ihr, berührte ihre Schulter. Cruci ließ es geschehen.

«Noch einen Schluck?»

Cruci nickte, der Engel sagte: «Ich kenne hier in der Nähe ein Café. Wollen wir uns dort hinsetzen? Ich würde Sie gerne zu einem Tee einladen.»

Cruci traute dem Engel.

«Warten Sie, ich helfe Ihnen hoch.»

Cruci berührte die Hand der fremden Frau und ließ sich hochziehen. Sie schaute in ihre Augen und sah ein schwarzes Meer.

Ruhe, endlich.

26

Meine Mutter hat sich zurückgezogen, ich habe mich auf die Matratze im Gästezimmer gelegt, die für die nächsten Tage mein Bett sein wird. Ich bilde mir ein, dass sie Tränen in den Augen hatte, als sie ohne ein Wort das Zimmer verließ. Soll ich nach ihr schauen? Will sie das?

«Die erste Generation ohne Bestimmung». Diese Worte schießen mir durch den Kopf. Wer hat das gesagt? Habe ich das in irgendeinem Artikel gelesen? Es sind meistens die Dudes, die so was behaupteten: wir «Gen Z» seien unpolitisch und narzisstisch. Mag sein.

Gleichzeitig fühle ich mich ertappt. Was ist mein Ziel? Ich kann keine Nachrichten konsumieren, ohne hibbelig zu werden. Ich will immer etwas tun, mich nützlich machen, für eine größere Sache kämpfen, dabei – ja, ich weiß, das ist erbärmlich – habe ich es noch nicht mal geschafft, für meine Mutter da zu sein, als sie mich brauchte.

Sie hatte schon länger mit der Partei und ihren Idealen gebrochen, das weiß ich. Aber nach dem Tod meines Vaters wurde es schlimmer, sie begann, alle ehemaligen Parteigenossen zu hassen, und ich habe nie verstanden, warum. Sie sprach nicht mit uns über den Kommunismus. Trotzdem hat sie versucht, meine Schwester und mich zu politischen Personen zu erziehen. Sie wusste, dass wir uns in der Not wehren mussten. Sie hat uns beschützt.

Ich sollte jetzt mit ihr sprechen, ich sollte meine Mutter fragen, ob es ihr gutgeht. Ich werde aufstehen und es tun. Stattdessen nehme ich das Telefon zur Hand, fotografiere das Foto, das meine Eltern und Lucia zeigt, und poste es auf Instagram. «The Wild 70ies» schreibe ich in die Bildunterschrift, und dann: #TBT #Communism #Eltern #FightTheFight #Change. Ich lege das Telefon zur Seite und stehe endlich auf.

Ich laufe zur Toilette und verschaffe mir kurz Zeit zum Nachdenken. Wie soll ich meine Mutter ansprechen? Ich drücke die Spülung, wasche mir die Hände, werfe einen kurzen Blick in den Spiegel, ziehe mit dem Zeigefinger oben am Wangenknochen die Haut runter, um meine Augenringe zu sehen. Es ist eine Angewohnheit, vielleicht um mir einzureden, dass alle doch sehen müssen, wie schlecht es mir geht. Als ob die blau-violett-grünliche Färbung meines Unterlids irgendetwas Geheimnisvolles über mich erzählt.

Ich gehe zu ihrem Schlafzimmer, lehne mich gegen den Türrahmen und schaue sie an. Sie liegt im Bett, sieht eine ihrer italienischen Serien und bemerkt mich nicht.

«Ist alles okay?», frage ich. Sie erschrickt, hebt aber nicht den Blick vom Fernseher.

«Natürlich, mein Schatz, warum sollte es nicht sein.»

Ich glaube ihr kein Wort und gehe zu ihr, lege mich

neben sie und platziere meinen Kopf auf ihrem Bauch. Sie versteht sofort und beginnt, mir durch die Haare zu streichen.

«Und was ist mit dir?»

Ich schaue kurz hoch und sage: «Alles okay.»

Mitten in der Nacht öffne ich die Augen. Ich spüre den Körper neben mir und berühre leicht den Arm. Ich muss bei meiner Mutter eingeschlafen sein. Trage noch Jeans und Pullover, meine weißen Sportsocken. Ich drehe mich auf die andere Seite und steige aus dem Bett, höre ihren Atem hinter mir.

«Rocco, du kannst auch hier schlafen, wenn du willst.»

«Entschuldige, ich wollte dich nicht wecken. Schlaf ruhig weiter. Ich gehe mir die Zähne putzen und mich umziehen», und bin aus der Tür verschwunden.

Am nächsten Morgen steht die Moka schon auf dem Herd, als ich die Küche betrete. Ich nehme mir eine der bunt bemalten Illy-Tassen aus der Sonderedition, drehe sie um und sehe, dass Francis Ford Coppola sie designt hat. Pfefferkörner, Erbsen, Chilis – alle Klischees abgebildet auf einer Kaffeetassenkollektion. Die meisten denken, dass Coppola aus Sizilien kommt, wegen des scheiß Paten, aber sein Großvater ist aus der Basilikata und seine Großmutter aus Neapel emigriert.

Ich schütte Kaffee in die Tasse, halte sie mit beiden Händen fest und höre meine Mutter reinkommen.

«Wie hast du geschlafen, mein Schatz?»

«Gut, danke, du?»

«Ich auch.»

Ich habe mich nie besonders dafür interessiert, wie und warum meine Eltern nach Deutschland kamen. Das Wesentliche weiß ich, wie schwer es anfangs für meine Mutter war, Deutsch zu lernen und sich in Köln zurechtzufinden, mit ihrer Migration habe ich mich aber nicht beschäftigt. Ich denke, wie ignorant ich war, aber auch, wie sehr meine Eltern versucht haben, uns von diesen Themen fernzuhalten. Die wirklich wichtigen Fragen habe ich mir nicht gestellt, und das, obwohl ich in Deutschland unter Exkommunistinnen und -kommunisten aufwuchs. Warum wird mir das erst jetzt bewusst?

Meine Mutter und ich trinken still nebeneinander unseren Kaffee. Ich würde gerne wissen, was ihr durch den Kopf geht. Ich will da weitermachen, wo wir gestern aufgehört haben. Bei Lucia.

27

1981, ROM

Lucia traute ihren Augen nicht: Er war es, sie erkannte sein Gesicht sofort. Wie hatte Riccardo es bloß hierher, in die Zentrale der Kommunistischen Partei, geschafft? Er trug einen braunen Anzug, weißes Hemd ohne Krawatte, die Standarduniform der jungen Parteifunktionäre.

Sie setzte sich ans andere Ende des langen Konferenztisches, versteckt vor seinem Blick, aber der Platz war gut, um ihn zu beobachten. Etwas an ihm faszinierte sie, obwohl sie ihn damals, in Frattocchie, kaum ertragen hatte. Sie wusste nicht, warum es jetzt anders war.

Er hatte sie noch nicht entdeckt, sprach mit seinem Sitznachbarn, wie Männer sprechen, wenn sie sich unbeobachtet fühlen – schelmisch, kindisch, dreckig.

Die Strategiesitzung der Partei würde in Kürze beginnen, Lucia hatte die Aufgabe zu protokollieren, was andere sagten. Sie war eine bessere Sekretärin geworden. War sie deswegen nach Frattocchie gegangen? Sie schob den Gedanken beiseite. Es war klar, dass sie sich nur langsam würde hocharbeiten können. Sie war eine Frau. Schnelle Karrieresprünge wie bei Männern waren nicht vorgesehen. Cruci hatte für diesen Weg keine Geduld gehabt, und manchmal ertappte sich Lucia bei dem Gedanken, dass ihre Freundin es vielleicht richtig gemacht hatte: wegziehen, die Partei Partei sein lassen.

Aber es war nicht Lucias Weg. Sie würde alle Informationen aufsaugen, während sie hier in ihrer Ecke saß und mitschrieb; sie würde herausfinden, wo die Schwächen der Genossen lagen, die Leerstellen der Partei. Sie war keine geduldige Person, aber sie hatte eine Mission. Stück für Stück würde sie ihre Karriere vorantreiben. Ihr Moment würde kommen, das wusste sie.

Sie starrte Riccardo an, angeregt, voller Verachtung, liebevoll. So wie wir Menschen anschauen, die unangekündigt wieder in unser Leben treten und uns an frühere Zeiten erinnern; die uns kurz in die Vergangenheit reisen lassen.

Sie konnte es kaum erwarten, Cruci am Telefon von ihm zu erzählen, stellte sich lebhaft ihr Gesicht vor, hochgezogene Augenbrauen, spitze Lippen, die Stirn in Falten gelegt.

Aber jetzt begann die Sitzung, Lucia blieb an ihrem Beobachterinnenposten, unsichtbar für die Männer, mit Block und Stift in der Hand. Sie hörte nur halb zu, während sie mitschrieb, formte in ihrem Kopf keine Meinung zu dem Gesagten. Nicht weil sie keine hatte, sondern weil ohnehin ständig die gleichen Dinge wiedergekäut wurden.

Es ging um die Freimaurerloge, die zur politischen Geheimorganisation mutierte, «Propaganda due», kurz

P2: Sie war aufgeflogen, 962 Personen, darunter Mitarbeiter aus Geheimdienst, Militär, Guardia di Finanza sowie Carabinieri, Staatsanwälte und Bankiers. Alles hochrangige Personen. Sie wollten den politischen Umsturz, den Putsch. Eine Art Memorandum war aufgetaucht, in dem die Feinde der P2 klar benannt wurden: die Kommunistische Partei und die Gewerkschaften. Im Saal herrschte große Aufregung.

«Wir müssen dagegen ankämpfen», rief der Erste, der das Wort ergriff. «Wir müssen zum Gegenangriff übergehen, die Gefahr ist da. Nie wieder Faschismus, es lebe der Kommunismus. Es wird Zeit, dass wir endlich an die Regierung kommen. Mit den richtigen Köpfen an der Spitze können wir die Vorherrschaft der christdemokratischen und sozialistischen Regierung zerstören.»

Und so weiter und so fort. Immer dieselben, vorgefertigten Sätze. Nie wurde jemand müde, sie erneut aus den Schubladen zu kramen. Während Lucia mitschrieb, beschäftigte sie nur eine Frage: Aber wie? Wie wollen wir den Faschismus besiegen? Wie gegen die Christdemokraten kämpfen? Wie können wir uns stärker positionieren?

Das war der Unterschied zwischen ihr und den anderen im Raum: Sie fragte nach dem Wie. Die anderen nach dem Wer.

«Das ist alles schön und gut», ergriff Riccardo das Wort, «aber haben wir eine Strategie, Genossen? Wir wollen die Situation ja schließlich für uns nutzen. Und da wir hier unter uns sind, wage ich die Frage zu stellen, ob die Direktion uns eine Strategie vorgegeben hat. Hat sie? Oder ist es unsere Aufgabe, sie auszuarbeiten und sie der Direktion zu unterbreiten?»

Er hat sich nicht verändert, dachte Lucia. Immer noch der kleine, vorlaute römische Junge, immer noch ohne Gefühl für die Personen oder den Raum, in dem er sich befand.

Endlich passierte etwas. Die Genossen schauten verdutzt zu dem jungen Riccardo, einige machten Anstalten, ihm zu antworten, schwiegen dann aber. Er hatte sie überrascht. Verlegenes Räuspern.

«Genosse Riccardo, Sie haben natürlich recht», setzte der erste Redner wieder an. «Die Frage nach der Strategie wird uns sicher in den nächsten Kommissionssitzungen begleiten. Heute ist es allerdings erst mal unsere Aufgabe, Eindrücke zu sammeln. Ich verstehe Ihre Ungeduld, die Situation ist außergewöhnlich, und wir müssen unbedingt verhindern, dass die P2 am Ende ungestraft davonkommt. Aber alles braucht Zeit, vor allem Strategien dürfen nicht überstürzt entworfen werden. Neben der P2 haben wir nämlich noch ein weiteres akutes Problem: Der Vatikan und der Papst planen gerade ihre Revolte gegen das gewonnene Abtreibungsreferendum. Sie wollen sich gegen den Volksentscheid richten und haben dabei Rückendeckung von den Faschisten und den Christdemokraten. Es gibt also viel zu tun. Lassen Sie uns beginnen.»

Lucia lief die Treppe runter, ihre Füße im Blick, während sie die unebenen Stufen nahm. Ihre Notizen hatte sie unter den Arm geklemmt. Als sie unten ankam, geriet sie ins Stolpern, alles fiel zu Boden. Genervt stöhnte sie auf, ging in die Hocke und sammelte die Blätter ein.

«Lucia, erkennst du mich nicht wieder?»

Sie blickte auf.

«Riccardo, bist du es? Verzeih, ich stehe heute ein bisschen neben mir.»

Sie erhob sich, trat einen Schritt auf ihn zu, küsste ihn rechts und links auf die Wange.

«Wie schön, dich wiederzusehen», sagte er. «Hast du Zeit für einen Kaffee? Oder sagst du mir wieder nein, wie damals?» Er grinste.

Sie sah einen goldenen Ring an seiner rechten Hand.

Ich sollte ihn stehen lassen, dachte sie. Ich sollte sofort gehen.

«Klar, ich bring nur kurz die Unterlagen weg. Lass uns vor dem Tor treffen, ja?»

Es war warm, Lucia trug ihren leichten Mantel mit dem Karomuster auf dem Innenstoff. Riccardo lehnte rauchend an einer Mauer und sah ihr entgegen. Er hatte die obersten Knöpfe seines Hemdes geöffnet, der Ansatz von feinen Brusthärchen schimmerte durch den weißen Stoff.

«Willst du auch?» Er hielt ihr die Schachtel hin.

Sie nickte, nahm sich eine Zigarette raus, er hatte das Feuer schon bereit.

«Danke.»

Er lächelte. «Wollen wir Richtung Largo Argentina gehen?»

«Warum nicht.»

Sie liefen schweigend nebeneinanderher, vorbei an den zerfetzten Säulen des Fortunatempels, dessen überdimensionaler Statuenkopf Ende der Zwanzigerjahre entdeckt worden war. Purer parischer Marmor, acht Meter war die Staute angeblich groß. Diese Geschichte hatte ihr Vater ihr jedes Mal erzählt, wenn sie hier vorbeispaziert waren. Später hatte Lucia selbst nachgelesen, was die männliche Nachwelt in Fortuna hineinprojiziert hatte: Virgil in Dantes «Inferno» beschrieb sie als Göttin, die ganzen Nationen zu Glanz verhilft und sie später in Armut stürzt. In Machiavellis «Fürst» ist sie eine Frau, die aggressive junge Männer den schüchternen vorzieht und das Schicksal aller männlichen Wesen in der Hand hat.

Für Lucia blieb Fortuna eine launische Macht, und genau das war das Reizvolle an ihr.

Sie zog den Mantel aus, legte ihn sich über den Arm.

«Was möchtest du trinken?», fragte Riccardo, als sie eine Bar erreicht hatten.

«Gerne einen Kaffee. Aber warte ...»

Sie zückte ihr Portemonnaie, Riccardo winkte ab.

«Sicher?», fragte sie. Es ging um 250 Lire, aber der Stolz verlangte, dass sie es nicht ohne Widerspruch annahm.

«Ja.»

«Danke.»

Sie standen zusammen an der Theke, sein Blick war penetrant, wie früher, aber nicht unangenehm. Es gelang ihr nicht, ihm auszuweichen.

«Wie schön, dich zu sehen, Lucia. Erzähl mir alles. Was machst du? Wie geht es dir?» Sein Lächeln hatte etwas Anmaßendes.

Oh Gott, stand sie auch auf aggressive und kühne Männer? Was war in sie gefahren? Sie musste sich zusammenreißen.

«Ach, du weißt schon, immer das Gleiche. Ich arbeite im Bottegone für die Direktion und schaue, wo mich das hinführt. Und du? Wie kommt es, dass du in der Kommission sitzt? Ich hätte nicht erwartet, dich dort zu sehen.» Sie hoffte, dass die Spitze bei ihm ankam.

Er zeigte ein diabolisches Lächeln, trank seinen Kaffee in einem Schluck.

«Tja, wo soll ich anfangen? Sie haben mich zum Sekretär der Federazione Giovanile Comunista Italiana gemacht. Ich glaube es immer noch nicht. Kannst du dir das vorstellen?»

Nein, sie konnte es sich nicht vorstellen. Aber es überraschte sie auch nicht. Sie hielt sich über alle Ehemaligen aus ihrem Jahrgang auf dem Laufenden, es war wie ein persönlicher Wettbewerb. Den Gedanken, dass jemand vor ihr Karriere machte, ertrug sie nicht. Natürlich konnte sie sich nicht mit Riccardo vergleichen. Er hatte offenbar mühelos einen angesehenen Posten bekommen.

«Glückwunsch», sagte sie und versuchte, ihre Bitterkeit zu verbergen.

Er sah gut aus. Sein dunkles, welliges Haar, perfekt als Tolle zurechtgelegt, die hellen Augen, die sonnengebräunte Haut, die Adern, die an den Unterarmen hervortraten. Er trug einen französischen Schnurrbart mit Lücke in der Mitte, seine müden Augen strahlten geheimnisvolle Trauer aus. Hatte er schon immer so gut ausgesehen?

Sie drückte die Zigarette im Aschenbecher aus. «Sag mal, das kommt jetzt aus heiterem Himmel, aber hast du vielleicht Lust, heute Abend zu mir zum Essen zu kommen?»

28

Wir fliegen über einem Wolkenmeer, es erinnert mich an die Abschminkpads, die guten, teuren, weichen, die meine Mutter verwendet, um Wimperntusche, Lidschatten, Kajal abzunehmen. Ich will eintauchen, mich fallen lassen, mich hingeben, nichts mehr fühlen. Die Sonne blendet mich, das Blau des Himmels ist so stark, wie ich es noch nie gesehen habe. Ich versuche, es zu absorbieren, die Farben sollen in meinen Körper gelangen, durch meine Blutbahn laufen, in mir tanzen, mich füttern, mir ein neues Gefühl geben: von Hoffnung.

Meine Mutter sitzt neben mir, auf dem mittleren Platz, löst ihre Kreuzworträtsel, ignoriert den dicken Deutschen neben sich, der als Allererstes seine Schuhe ausgezogen, sich ein Bier bestellt hat und die ganze Armlehne für sich beansprucht. Ihr Bleistift, HB mit Radiergummi, streicht über die Seiten, ihre Unterarme sind angespannt, die Körperhaltung leicht gebeugt, wie eine Katze, die ihr Fell aufstellt. Ich schaue sie an und lächele – sie sieht mich nicht.

Wir sind auf dem Weg nach Rom. In drei Tagen ist die Beerdigung von Lucia. Ich habe meine Mutter überredet, dass wir gemeinsam dort hinfahren.

Ich bin ein bisschen aufgeregt. Seit Jahren war ich nicht in Italien, habe Angst, mit Akzent zu sprechen, nicht mehr italienisch genug zu sein. Vor allem bin ich aufgeregt, weil ich am Grab dieser Frau stehen werde, die ich nie kennengelernt habe, deren Blick mich seit Tagen heimsucht. Ich spüre, dass sie für meine Mutter, meinen Vater eine große Bedeutung hatte. Ich schließe die Augen und überlasse mich meinen Träumen.

Bei der Landung krallt sich meine Mutter an meinem Arm fest, starrt stur geradeaus und sagt nichts. Ich lasse es geschehen.

Wir steigen aus, warten auf unser Gepäck. Sobald wir den Zoll durchqueren, an dem niemand steht, den man aber trotzdem passieren muss, strahlt mir die Sonne ins Gesicht. Ich überlege, ob ich meine Sonnenbrille jetzt schon aufsetzen soll, entscheide mich dagegen. Ich würde mich albern fühlen.

Das Erste, was mir in Italien auffällt, sind die Männer: Ihre Augenbrauen bilden symmetrische Bögen, einen strukturierten Schwung, dünn, zart – nicht buschig wie in Deutschland. Ich streiche mir durch meinen Vollbart, muss mich vergewissern, noch männlich genug zu sein.

«Lass uns einen Kaffee trinken, Rocco», ist der erste Satz, den meine Mutter nach zwei Stunden von sich gibt.

Ich folge ihr zur Bar, höre zu, wie sie bestellt, warte an dem langen, hellen Marmortresen.

Der Barista spricht zu laut mit meiner Mutter, irgendwas über den Ministerpräsidenten, Faschismus 2.0, Geflüchtete, Waffen. Nach weniger als einer Minute steht unser Espresso auf dem Tresen.

«Warum kann niemand in Deutschland so schnell einen Kaffee machen?», sagt meine Mutter. «Sie tun immer so, als sei es eine Kunst, aber in Italien kann jeder Idiot einen schnellen, guten Espresso machen.»

Sie hat schon umgeschaltet in ihren Italienmodus, spricht süß wie Honig, eine warme Melodie schleicht sich in ihre harte Stimme. Ich hingegen mühe mich ab, meine Wörter sind zäh wie Asphalt, noch nicht mal die Sprache der römischen Straße beherrsche ich korrekt, obwohl ich als Vorbereitung italienischen Trap gehört habe, in meinem Kopf mischt sich alles miteinander. Ich bin ein angeschossener Kuckuck, ständig marschieren deutsche Wörter durch meinen Kopf, ich habe keine Erinnerung mehr an die Grammatikstunden in der italienischen Schule in Köln, die ich besucht habe. Das soll meine Sprache sein? Die Sprache meiner Familie? Zum Glück ist zumindest mein R weich, fügt sich wie von selbst zwischen die Vokale, ohne angezogene Handbremse.

Meine Mutter jedenfalls würde nicht akzeptieren, dass wir beide hier Deutsch sprechen, es würde sie beschämen. Es ist ihr Land, und das muss sie ab jetzt unter Beweis stellen.

«Fertig?» Sie schaut auf die Uhr, trinkt den letzten Schluck Kaffee, sie trinkt ihn immer brühend heiß, und muss auf mich warten, weil ich ihn lauwarm zu mir nehme. «Dann lass uns zur Haltestelle gehen.»

Mit raschem Schritt führt sie ihren Trolley durch die kleinen leuchtenden Metallsäulen vor der Rolltreppe, vorbei an Reisenden, die einfach im Gehen stehen bleiben, und Zeitungsständen:

Kommt der Faschismus nach Italien zurück – verdanken wir Mussolini wirklich unsere Rente?

Deborah Erba: Starlet hat einen Mann geheiratet, den sie vorher noch nie gesehen hat. Alles Lüge? Oder gibt es ihn tatsächlich?

Ich versuche, mich ihrem Tempo anzupassen, aber meine Mutter nimmt sich noch nicht mal Zeit, die römische Luft zu inhalieren. Ich bleibe kurz stehen. Es riecht anders hier: nach Abgasen, Blumen, Zigaretten, Kaffee, Bleiche, Tomaten, Teer, Jasmin. Ich fühle mich zu Hause.

Wir verlassen Fiumicino, nehmen den Regionalzug, die Toilette in unserem Wagon ätzt mir die Schleimhäute weg, Ameisen tanzen auf den kleinen Müllbehältern. Meine Mutter sitzt mir reglos gegenüber, auf einem der schwitzenden lila Lederimitat-Sitze, schaut aus dem Fenster, lässt die Arbeiterviertel mit ihren schmucklosen Häusern vorbeirasen, die Autos, die Pinienbäume, deren grüne Kronen wie Wolken geformt sind.

In Ostiense steigen wir aus.

Soll das Rom sein? Das Bahnhofsgebäude erinnert mich an einen deutschen Nazibau, massiv, monumental, aus Marmor.

«Mama, das ist hässlich hier.»

Meine Mutter scheint nicht genervt; akzeptiert, dass ich wieder ihr kleiner, nörgelnder Junge bin.

«Das haben die Faschisten versaut», sagt sie, «weil sie bei Hitlers Besuch glänzen wollten. Sie sind aber nicht fertig geworden und haben alles erst mal aus Pappe aufgebaut, also nicht wirklich Pappe, aber du verstehst, was ich meine. Dann kam Hitler, war zufrieden, und sie haben es richtig gebaut. Und schau da hinten, siehst du das? Diesen Terminal? Weißt du, was das ist?»

Ich schüttele den Kopf.

«Rate mal.»

«Ich weiß es nicht, sag einfach.»

«Ein Slowfood-Supermarkt», sie lacht laut.

Ich verstehe den Witz nicht.

«Komm, wir müssen zur Metro.»

Wir gehen zur blauen Linie B, laufen an Gebäuden ohne Fenster vorbei, mit Graffiti besprüht, an typischen Fünfzigerjahre-Wohnblöcken mit kleinen Balkonen, einem Markt voller tot übereinandergestapelter Klamotten. Endlich setze ich meine Sonnenbrille auf.

Vor einem halbrunden Gebäude bleiben wir stehen. Schon wieder Faschisten, denke ich. Travertinplatten, strenges Weiß, geometrische Form.

«In welcher Gegend liegt unser Hotel?», frage ich, als wir endlich in der Metro sitzen, obwohl ich die Antwort schon kenne.

«Marconi.»

«Warum gerade dort und nicht in der Stadt?»

«Meinst du mit Stadt: in der Nähe des Kolosseums? Wir sind keine Touristen, Rocco, und ich habe schöne Erinnerungen an Ostiense, an die Märkte, die Arbeiterinnen. Ich wollte dort sein.»

29

Am nächsten Tag besteht sie darauf, ins alte Industrieviertel von Ostiense zu fahren. Ich folge ihr, stelle keine Fragen. Es ist schön, sie so zu sehen, mit großer Sonnenbrille, das dunkelrote, lange Haar vom Wind bewegt. Sie weckt Erinnerungen an italienische Filmstars. Noch nicht mal 48 Stunden sind wir in Rom, und schon hat sich alles an ihr verändert: die Körperhaltung, jetzt aufrecht und grazil; die Gesichtszüge weich; die Hände zart wie die einer noblen Frau; das Lächeln aufrichtig, wie sie es zeigte, als mein Vater noch lebte.

«Weißt du, wo wir sind, Rocco?»

Schon wieder, das ewige Ratespiel.

Meine Mutter genießt es. Ich verneine.

«Dieses ganze Areal waren die Mercati Generali, bis 2002 gab es hier einen riesigen Obst- und Gemüsemarkt. Du kannst dir nicht vorstellen, wie schön und hart es hier zuging.»

Ich mache eine 360-Grad-Drehung und sehe um mich herum nur Graffitis und Murales, eins mit Figuren auf rotem Hintergrund scheint endlos lang zu sein: Ich erkenne Barack Obama, Frida Kahlo, Miles Davis, sie schauen auf die verschollenen Märkte; Dante Alighieri neben dem Rapper The Notorious B.I.G. mit Krone auf dem Kopf. Reste einer Vergangenheit, die nichts mit dem heutigen Rom zu tun haben, aber auch nichts mit dem ganz alten. Es ist das Rom, das meine Mutter einst kannte.

«Was soll dieses Murales, Ma?»

«Ach das. Ich weiß es nicht, Rocco, die Gegend hat sich sehr verändert. Es ist jetzt alles voll von dieser neuen Kunst, aber eigentlich gehörte dieser Ort mal den Arbeiterinnen und Arbeitern», und bevor ich nachfragen kann, geht sie auch schon weiter, bis wir auf dem kleinen Parkplatz vor dem Hauptsitz der Italgas stehen bleiben.

Ehrfürchtig schaut sie von hier aus auf ein riesiges Metallgerüst, wie eine Pilgerreisende auf eine Marienerscheinung. Ich warte darauf, dass sie sich hinkniet, die Hände zum Gebet faltet vor diesem Stahlturm, der sinnlos und leer, bar jeglicher Funktionalität, einfach so dasteht.

Ich hebe den Kopf, um besser zu erkennen, was sie sieht, aber die Sonne blendet mich, und das Monster reckt sich geschätzt 90 Meter in die Höhe. Ich lege den Kopf weiter in den Nacken und sehe immer noch nichts.

«Was machst du da, Rocco?»

«Ich wollte das Ding da besser sehen.»

«Das Ding da, Rocco, ist der Gazometer und mittlerweile ein Wahrzeichen Roms.»

«Und warum gefällt es dir so? Du hast es ganz liebevoll angeschaut.»

«Sei nicht albern», sie sieht mich scharf an.

Sie scheint zu überlegen, was sie als Nächstes sagen soll.

«Rocco, auf diesem Platz mit dem Gazometer hinter uns haben wir gestreikt und demonstriert, es hat mich einfach nur an diese Zeit erinnert. Warum bist du so neugierig?»

30

1982, ROM

Vom Hauptbahnhof Roma Termini ging Cruci zu Fuß an der Via Cavour vorbei, bog dann links in die Via Napoleone III ein und lief weiter bis zum Markt auf der Piazza Vittorio. Gewissenhaft schaute sie sich die Stände an, die Ochsenherztomaten, den gemahlenen Peperoncino, die Zitronen.

Seit Cruci Antonio nach Deutschland gefolgt war, vermisste sie am allermeisten die Märkte. «Frischer Fisch, heute Nacht gefangen», «Das schönste Basilikum der Welt», «Sizilianische Orangen, so saftig, man glaubt es kaum», schrien die Verkäufer. Mit dem Klima in Deutschland konnte sie umgehen, mit den Menschen mehr oder weniger, aber sie hatte bis jetzt noch keinen Markt gefunden, der es mit dem Ballarò in Palermo aufnehmen konnte. Dieser hier in Rom kam ihm am nächsten.

Sie lief an den Ständen vorbei, sah in die Augen der toten Schwertfische, die klar und glitschig zurückglotzten, bis sie, ohne es zu merken, die Via di S. Croce in Gerusalemme erreicht hatte.

Ihr Herz schlug höher, als sie die Klingel drückte.

«Ja?», ertönte es aus der Gegensprechanlage.

«Ich bin es. Mach auf.»

Lucia hatte sie am Hauptbahnhof abholen wollen, aber Cruci hatte darauf bestanden, alleine zu gehen.

«Cicia!», rief Cruci, als sie den fünften Stock erreichte. Lucia stand in der Tür, trat auf sie zu und umarmte ihre Freundin lange. Wie gewohnt nahm sie Crucis Gesicht in ihre Hände und küsste ihr erst auf die rechte, dann auf die linke Wange.

«Komm. Komm rein», Lucia nahm ihr die Reisetasche aus der Hand und winkte sie in ihre Wohnung.

Cruci ging den kleinen Hausflur entlang, dessen Wände mit Schwarz-Weiß-Fotos aus Frattocchie, von Kongressen und Demonstrationen behangen waren. Vor einem Bild blieb Cruci stehen, es zeigte Antonio, Lucia und sie an dem Tag des Sciroccos. Sie schmunzelte.

Cruci zog ihre Schuhe aus, ging in die Küche mit den hellgelb gestrichenen Wänden und nahm auf einem der Stühle Platz.

«Kaffee?», fragte Lucia.

«Gerne.»

Lucia und sie hörten sich seit dem Ende der Schule oft am Telefon, schrieben sich jeden Monat einen langen Brief und versuchten, sich zweimal im Jahr zu sehen. Einen beruflichen Grund hatten sie immer gefunden, aber dieses Mal wollte Cruci ihre Freundin einfach nur so besuchen.

Lucia hatte sich seit Frattocchie kaum verändert. An

Mundwinkeln und Stirn hatte sie leichte Falten bekommen, ihre Augen funkelten mehr denn je. Sie hatte immer noch den gleichen, unermüdlichen, radikalen Willen zur Veränderung.

Und sie selbst? Manchmal kam sie sich klein neben Lucia vor. Nicht weil Lucia ihr dieses Gefühl vermittelte, sondern weil sie alles darstellte, was auch Cruci hätte sein können, wenn sie andere Entscheidungen getroffen hätte. Statt in Rom in der Zentrale zu arbeiten, hatte Cruci geheiratet und war bei der italienischen Gewerkschaft in Deutschland gelandet.

Cruci hätte gar nichts rückgängig machen wollen, aber trotzdem schaffte sie es nicht, dieses Gefühl der Unterlegenheit, das ständig in ihr lauerte, abzustreifen. Sie war ihrem Mann nach Deutschland gefolgt und hatte seine Karriere vor ihre gestellt. Schuld daran war nur sie selbst, niemand hatte sie gezwungen. Antonio und sie hatten sogar über Alternativen gesprochen und sich dann gemeinsam so entschieden. Was auch daran lag, dass er einfach das bessere Angebot erhalten hatte, den Posten als Sekretär der Partei in der BRD. Ihre Optionen hingegen? Vielleicht Lehrerin in Frattocchie oder administrative Arbeiten in einem Ortsverein. Das war ihr zu wenig. Und die Geduld, sich langsam hochzuarbeiten, hatte sie nicht.

Lucia war nicht die Einzige, die dieses Gefühl in ihr weckte. Manchmal vor dem Einschlafen fragte sich Cruci, ob sie ihren Vater enttäuscht hatte. Er hatte alle seine Hoffnungen auf sie gesetzt. Er hätte seinen Unmut nie geäußert, aber Cruci bildete sich ein, es in seinen Augen zu sehen. Sie war den traditionellen Weg gegangen, das war von ihren Eltern so nicht vorgesehen. Sie hatten mehr von ihr erwartet. Dabei war das der Weg, den alle jungen Frauen aus Sizilien einschlugen: ein bisschen Schule, schnelle Heirat, dann ein paar Kinder. Die Aktivitäten beschränkten sich auf Haushalt, samstags die Wohnung putzen, bis es im ganzen Treppenhaus nach Chlor roch, sonntags zur Messe.

«Cru...? Cru...? Dein Kaffee wird kalt.»

Am nächsten Morgen erwachte Cruci mit Sonnenaufgang. Lucia hatte darauf bestanden, dass sie neben ihr auf der 1,40-m-Matratze schlief, auf deren linker Seite nie lange genug ein anderer Körper lag, um warme Mulden zu bilden.

Sie streckte die Arme in die Höhe, strich sich über den Bauch und ließ die Beine aus dem Bett baumeln, richtete den Oberkörper auf und gab sich eine Minute, um ihren Kreislauf auf den Tag vorzubereiten.

Sie stand auf, ging ins Bad, spritzte sich kaltes Wasser ins Gesicht, und dann weiter in die Küche.

Lucia saß am Tisch, einen Haufen loser Blätter vor sich. Sie schaute auf, die dunklen Augenringe verrieten, wie wenig sie in letzter Zeit geschlafen hatte.

«Cicia, arbeitest du schon?»

Sie gab ihrer Freundin einen Kuss auf die Wange, streichelte ihr mit einer flüchtigen Bewegung durchs Gesicht und lächelte sie an.

«Willst du einen Kaffee?»

«Ja, aber ich mach schon. Bleib sitzen. Woran arbeitest du?» Cruci drehte ihrer Freundin den Rücken zu und begann, den Kaffee vorzubereiten.

«Die Gewerkschaften haben einen Streik angekündigt, und ich muss entscheiden, ob die Partei sie unterstützt.»

Cruci setzte die Espressokanne auf den Herd, schaute zu, wie der Wasserdampf auf dem Metall Schatten warf.

«Zeig mal her», Cruci nahm einen der Zettel und las die Forderungen der Gewerkschaft vor, die Lucia gelb markiert hatte: «Lohnerhöhung, mehr Urlaub, höhere Sicherheitsstandards, keine Senkung der Scala Mobile, keine betriebsbedingten Kündigungen, Fortbestehen der Gewerkschaften». Sie blickte auf. «Ist doch alles nachvollziehbar. Seit wann muss die Partei denn überlegen, ob sie Arbeiterinnen und Arbeiter bei den Zielen ihres Streiks unterstützt?»

Lucia hob die Schultern.

«Ist es jeden Tag so für dich? Dass du eigentlich Offensichtliches evaluieren musst? Wo soll denn dieser Streik stattfinden?»

«Am Gazometer. Warum?»

«Nur so», sagte Cruci.

«Du willst da hin, hab ich recht?», fragte Lucia.

«Vielleicht. Aber erst mal musst du deinen Chefs sagen, dass sie das Anliegen unbedingt befürworten sollen», sagte Cruci. «Wofür soll denn die Partei sonst stehen, wenn sie noch nicht mal die Interessen der Arbeiterinnen und Arbeiter mitträgt?»

Cruci genoss diesen Moment. Sie, die Gewerkschaftlerin, gegen die Parteifunktionärin. Für einen Augenblick hatte sie die Oberhand gewonnen, sie war für den Streik und für weniger Bürokratie, ihre Freundin hingegen, die so radikal war und immer auf der Seite der Schwächeren, musste nun abwägen, ob es opportun war, sich dem Kampf der Arbeiter anzuschließen.

Lucia war eben Politikerin geworden, und Cruci? Konnte sich immer noch nicht von ihren frühen Idealen lösen.

Cruci trank den letzten Schluck ihres Kaffees und sah in Lucias weiches Gesicht. Nur vor ihr legte sie die Härte ihres Alltags ab, so schien es.

Sie ging zur Spüle, wusch die Tasse mit schnellen Bewegungen, trocknete sie ab und stellte sie zurück ins Regal. Kurz betrachtete sie die dunkelblauen Fliesen über der Spüle, sie erinnerten sie an das Meer. An zu Hause.

Cruci zog sich bequeme Sachen an, eine Jeans und einen langen, leichten Pullover, Schuhe ohne Absatz. Sie verließ die Wohnung allein und würde Lucia später am Gazometer treffen. Wann war der letzte Streik gewesen, den Cruci besucht hatte? Sie konnte sich nicht erinnern und schämte sich dafür.

Viel zu schnell lief sie zur Metrostation. Als sie später an der Haltestelle Garbatella ausstieg, sah sie schon von weitem das Metallmonster. Sie ging die Straße entlang, versuchte, die Architektur auszublenden, die vom Duce in Auftrag gegebenen Bauten und die hässlichen, siebenstöckigen Fünfzigerjahre-Häuser für die Arbeiterfamilien mit den immer gleichen Balkonen.

Als sie näher kam, hörte sie die Trillerpfeifen und erkannte die Aufschrift der Banner: «Arbeit ist Würde», «Arbeiten ist unser Recht», «Wir wollen mehr Lohn!».

Cruci spürte, wie das Blut in ihrem Körper wärmer wurde. Bestimmt über tausend Menschen standen auf dem Platz der Mercati Generali, der Gazometer hinter ihnen, die Trillerpfeifen begannen, «Bella Ciao» anzustimmen. Die Masse skandierte ihre Slogans: Menschen, die gemeinsam für etwas kämpften.

Warum hatte sie nur so lange gewartet, solche Momente wieder zu erleben?

Langsam ließ sie die Straßenecke hinter sich und mischte sich unter die Streikenden. Sie nahm sich Zeit, wollte alle Banner aufmerksam lesen: «Ohne uns kein Gas für Rom»; «Wo ist unsere Würde?»; «Wir haben es satt!»; «Wir wollen alles!»; «Ja zur Aufrechterhaltung der Beschäftigung. Ja, zum Statuts der Arbeitnehmerrechte»; «Partei der proletarischen Vereinigung für den Kommunismus».

Cruci schaute sich um, die Masse ließ sie alles andere vergessen, überall sah sie Schattierungen der Farbe Rot: kräftig die kommunistische Flagge, satt die Gewerkschaftsbanner, sanft die von der Sonne und dem Streik erhitzten Gesichter, scharlachfarben die Seidenschals, die sich die Frauen um den Hals und die Männer um die Stirn gebunden hatten.

Hier und da entdeckte sie das Schwarz-Weiß-Foto Gramscis an einem Holzstock befestigt – ohne Parole: Sein Bild sagte offenbar alles. Es war das Foto, das alle immer verwendeten. Gramsci blickte starr, streng und doch einladend.

Ein Gefühl von Traurigkeit überkam sie. Was machte sie hier eigentlich? Sie gehörte nicht mehr zu dieser Welt, zu Italien, dem sie den Rücken gekehrt hatte. Ihre Geschichte war mittlerweile eine andere. Sie fühlte den Riss zwischen zwei Ländern, zwei Klassen, zwei Kämpfen. Sie versuchte, die Tränen zurückzuhalten, wollte so nicht gesehen werden, von wem auch immer. Cruci verlor sich in den Massen, als eine Hand ihren Arm berührte.

«Cru, alles okay?»

Cruci fiel Lucia in die Arme. Mit jeder Sekunde, die sie darin verharrte, schwanden ihre Zweifel.

Doch, sie war genau dort, wo sie sein sollte. Es war ihr Kampf, es war der Kampf aller, sie hatte jedes Recht, hier zu sein. Schließlich trug auch sie immer noch den Ausweis der Partei im Portemonnaie, auch sie arbeitete für die kommunistische italienische Gewerkschaft – und das alles konnte ihr auch ein Umzug in eine andere Stadt, ein fremdes Land nicht nehmen.

Diese Menschenmasse, es waren ihre Brüder und

Schwestern, Genossinnen und Genossen, gemeinsam schrieben sie Geschichte, direkt vor dem Gazometer, der von überallher, von allen Dächern, allen Hügeln Roms aus sichtbar war.

«Es geht gleich mit den Reden los», sagte Lucia, als sie sich aus der Umarmung löste.

«Komm, lass uns näher ans Podium ran.»

Die beiden Frauen begannen, sich den Weg durch die Menge zu erschließen. Cruci versuchte, die Gesichter zu studieren, lächelte sie an, sah Frauen und Männer, die sich an den Händen hielten und Parolen riefen, hörte aus der Ferne, wie sie «Bandiera Rossa» anstimmten.

Bandiera rossa la trionferà,
Bandiera rossa la trionferà,
Bandiera rossa la trionferà!
Evviva il comunismo e la libertà!

Die rote Fahne wird triumphieren,
die rote Fahne wird triumphieren,
die rote Fahne wird triumphieren!
Es lebe der Kommunismus und die Freiheit!

Cruci sog alle Energie auf, bis sie endlich ganz vorne bei etwa zwanzig Frauen standen, die ein Transparent hochhielten. Sie konnte erst nicht erkennen, was darauf stand, sie ging noch ein kleines Stück weiter vor:

«Wir sind keine Maschinen für die Reproduktion, sondern Frauen im Kampf für die Revolution».

Sie schaute den Frauen in die Augen, und als sie direkt in ihrer Mitte stand, streckte sie den rechten Arm mit der geballten Faust in die Höhe.

31

1984, ROM

Lucia spazierte am Tiber entlang und wartete auf ihre Freundin. Es war einer dieser unerträglich heißen Tage, die Touristen schlurften in Flipflops umher, die Graffitis an den Flussmauern schwitzten ihre Farbe aus.

Sie musste an Cruci denken. Wünschte sie sich hierher, obwohl sie sich erst vor zwei Monaten gesehen hatten, aber das war etwas anderes: Sie waren zusammengekommen, um zusammen zu trauern, auf der Beerdigung von Berlinguer. Mehr als eine Million Menschen waren erschienen, um ihn zu verabschieden; sie begannen ihren Trauerzug in der Via delle Botteghe Oscure und endeten an der Piazza San Giovanni; ein drei Kilometer langer Marsch durch die Stadt.

Cruci und sie hielten sich an den Händen, Antonio neben seiner Frau, Jekaterina und Sergio neben Lucia. Immer wieder schrien die Menschen «Enrico, Enrico, Enrico»; einige berührten mit ausgestreckten Fingern der rechten Hand die Stirn, die Brust, dann die linke und die rechte Schulter; andere hoben die geballte Faust in die Luft. Sandro Pertini, der Staatspräsident, kniete vor Berlinguers Sarg, die Hände demütig auf den

Deckel gelegt. Gorbatschow und Zhao Ziyang waren extra angereist.

Sechs Tage vor den europäischen Wahlen war Berlinguer gestorben. Zum ersten Mal in ihrer Geschichte erhielt die Partei mehr Stimmen als die Democrazia Cristiana.

«Meine Liebe, an was denkst du?», hörte sie Jekaterinas Stimme neben sich.

Lucia lächelte, fiel ihr um den Hals, antwortete: «An Cruci.»

«Das habe ich mir gedacht. Ich habe es dir angesehen.» Jekaterina hakte sich bei Lucia unter, führte sie flussabwärts.

Lucia genoss die wöchentlichen Spaziergänge mit Jekaterina, nur sie beide, sie gingen immer den gleichen Weg, vertraut wie Mutter und Tochter.

«Erzähl mir alles. Was geht dir durch den Kopf? Woran arbeitest du gerade?» Jekaterina fragte aufrichtig, und dafür war Lucia dankbar. Sie war ihre und Crucis Schutzpatronin. Verurteilte sie beide nie, gab Ratschläge, wenn sie etwas zu sagen hatte, und blieb still, wenn es keiner Worte bedurfte.

«Ich mache mir ein wenig Sorgen. Es könnte jetzt alles anders werden, trotz des guten Wahlergebnisses. Weißt du? Wir haben die Stimmen bekommen, weil Berlinguers Licht erloschen ist. Aber das kann sich schnell wieder ändern, wenn wir nicht die Chance ergreifen und vor allem die Genossinnen davon überzeugen, dass es richtig war, auf uns zu setzen. Die Partei wird ohne Berlinguer nicht mehr dieselbe sein, und gerade deshalb müssen wir jetzt die Frauen mobilisieren, ihre Solidarität untereinander stärken. Damit wir nicht wieder verschwinden, nicht den Moment verpassen. Wir müssen strategisch vorgehen.»

«Strategisch», wiederholte Jekaterina.

«Du weißt schon. Wenn wir die Strukturen von innen verändern wollen, langsam, aber bestimmt, brauchen wir eine Strategie.»

«Ihr müsst vor allem mit der Basis sprechen. Wir Frauen sollten uns zusammentun, erst in der Partei, und dann unsere Ideen in die Gesellschaft tragen.»

«Ja, natürlich. Aber du und ich wissen es eigentlich besser: Wann sind wir endlich am Zug? Wie viele Umwege müssen wir noch nehmen, wie viele faule Kompromisse über uns ergehen lassen?»

«Lucia, du weißt es so gut wie ich. Um das zu erreichen, was du dir vorstellst, braucht es viel Geduld.» Als Jekaterina es aussprach, musste sie lächeln und Lucia auch. Lucia hatte viele Qualitäten, aber Geduld gehörte nicht dazu, das wussten beide.

Sie spazierten eine Weile in Stille, die nicht unangenehm war, sondern nur unter Menschen entstand, die einander vertrauten. Lucia konnte sie an einer Hand abzählen.

«Entschuldige, ich hab dich gar nicht gefragt. Wie geht es Sergio?», sagte Lucia.

Jekaterinas Augen wurden glasig, sie schluckte, blieb stehen und blickte sie an.

«Du weißt ja, wie er ist. Stur wie ein alter Esel», und sie sagte es mit so viel Liebe, dass Lucia schmunzeln musste.

«Die Medikamente helfen gegen die Atemnot und den Husten, aber er kann sich keine zwei Sekunden ausruhen. Ständig muss er was tun.»

«Cruci und ich sind immer für euch da, egal, was ist, hörst du? Du musst dich nicht allein um ihn kümmern. Und wenn du mal deine Ruhe brauchst, einen Tag oder mehr, sag bitte Bescheid.»

«Ich weiß. Danke, Lucia.»

Lucia beschloss, heute noch Cruci anzurufen, um sie zu einem baldigen Besuch zu überreden. Sergio würde sich freuen, sie zu sehen. Ja, sie würde sie anrufen, und sie würden gemeinsam nach einem Wochenende suchen, vielleicht konnte Cruci sogar eine ganze Woche kommen.

Sie liefen weiter am Wasser entlang, ohne Ziel, mit der Intensität, die nur einander liebende Menschen empfanden.

32

1986, FLORENZ

Sie liebte Crucis Muttermal; es war klein, fast unsichtbar, nur zu erkennen, wenn man ganz nahe bei ihr stand, so wie Lucia in diesem Moment. Zart, ledern, modrig, der Geruch von Sommerregen auf Asphalt. An dieses kleine Warnsignal unter ihrem linken Auge ließ Cruci nur Menschen heran, die ihr nahestanden. Denen sie Eintritt in ihre Welt gewährte.

Behutsam trug Lucia rote Farbe auf Crucis Lippen auf, sie wollte diese gemeinsame Minute für immer anhalten, sich Zeit lassen, nicht voreilig den Moment beenden. Stillstand bedeutete, Cruci ganz für sich zu haben. Crucis Haut war blass, Alabasterweiß, Schneeweiß oder Elfenbeinweiß. Für eine Italienerin aus dem Süden war sie viel zu fahl. Lucia konnte die feinen Härchen auf ihrem Gesicht erkennen, die geschlossenen Poren um die Nasenspitze; die asymmetrischen Augen – eine perfekte Imperfektion. Die Wimpern, lang und dunkel, behüteten das Grün-Braun ihrer Augen und offenbarten feinste Bröckchen ihrer Mascara.

Lucia entdeckte neben Crucis Lippe einen kleinen Fleck; sie hatte ein wenig übergemalt. Sanft entfernte sie das Venenblutrot, spürte die Lippe auf ihren Fingerkuppen, sie vibrierte warm und feucht, sendete kleine Stromstöße aus. Es elektrisierte Lucia, versetzte sie in Crucis Innenleben; wie geheime Botschaften, die nur sie dechiffrieren konnte.

Sie betrachtete Crucis Amorbogen, ein Tal beschützt von zwei Hügeln, und jetzt sah sie, wie Crucis Zunge leicht die Ecken ihrer Lippen benetzte; sie ging auf Abstand, musste der Vibration Einhalt gebieten.

«Warum schaust du so? So schlimm?», rief Cruci. «Sag mir, wie sehe ich aus?»

Lucia lächelte, streichelte ihr sanft über den Oberarm, hielt ihr den ovalen Handspiegel hin. Cruci strich sich mit den Händen über das rötlich schimmernde Haar, öffnete den Knoten und ließ es über die Schultern fallen.

«Gefällt es dir?»

Lucia wurde nervös, Cruci und sie hatten sich lange nicht mehr gesehen.

«Ich fühle mich gerade ein bisschen wie in der Schule», sagte Cruci.

Lucia nickte. Sie schaute auf die Uhr. «Cru, wir müssen los.»

Cruci entknotete ihre Beine, richtete ihren Rock über der Strumpfhose, langsame, grazile Bewegungen, sie ließ sich nicht hetzen. Lucia verfolgte jede Bewegung.

Cruci drückte ihre Hand. «Mit diesem Lippenstift fühle ich mich unverwundbar», sagte sie.

Lucia hatte es geschafft: Sie beide würden beim

Nationalen Kongress der Partei in Florenz einen Redebeitrag bekommen. Sie würden über Frauen in der Partei sprechen. Über die neue Arbeiterklasse, und die alte. Lucia hatte Cruci überredet, hatte ihr gesagt, sie sei die perfekte Stimme der Frauen aus dem Ausland, die sowohl die Perspektive der Gewerkschaft als auch der Partei vertreten könne.

Als Lucia mit Cruci den Saal betrat, bemerkte sie als Erstes das Licht. Grell, hässlich, wie im Krankenhaus oder auf dem Amt. Die goldenen Knöpfe ihres Hosenanzugs reflektierten es, brachen es wie ein Prisma in tausend Teile. Lucia musste die Augen zusammenkneifen, dann wandte sie sich schnell von den Neonleuchten ab.

Sie wollte sich erst einmal umschauen. Männer in dunkelblauen Anzügen, Männer in dunkelgrauen Anzügen, Männer in hellgrauen Anzügen. Schnauzbärte. Havannabraune Brillen, marmoriert. Graue Schläfen.

Das Podium vor ihr bestand aus zwei Ebenen, in umgekehrter Hierarchie: unten, beim Rednerpult, saßen die Parteiführer, oben der unwichtige Rest. Im Publikum die Genossinnen und Genossen ohne offizielle Funktion.

Lucia entdeckte ihren Vater, umgeben von einer Gruppe Männer, die alle gleich aussahen. Er sprach in seiner typischen Art, tief, mit kühlem Blick, so wie er es auch zu Hause tat. Die Männer nickten zustimmend, unterbrachen ihn nicht, schauten zu ihm auf, obwohl er der Kleinste von ihnen war.

Lucia ging auf ihn zu, gefolgt von Cruci zwei Schritte hinter ihr.

«Hallo Papa», sagte sie.

Er drehte sich um, murmelte den Männern ein «entschuldigt mich kurz» zu und nahm Lucias Arm. Er führte sie ein Stück zur Seite. Sie gab ihm einen Kuss auf die Wange, rechts und links.

«Du hast ganz schön für Unruhe gesorgt, weißt du das eigentlich?», waren seine ersten Worte.

«Womit?»

«Womit wohl.»

«Du meinst Crucis und meinen Vorstoß in der feministischen Sache?»

Ihr Vater sah sie mit einer Mischung aus Verachtung und Scham an. Sie kannte diesen Blick, inzwischen sah er sie nur noch so an. Seitdem sie es wagte, nicht mehr die gleichen Dinge zu sagen wie er; intern die Partei zu kritisieren; wichtiger in der Partei zu werden als er.

«Warum musst du so viel Staub aufwirbeln? Alle sprechen über dich, und nicht nur Gutes. Du bist doch schon die Leiterin der nationalen Sektion Frauen. Was willst du noch?»

Plötzlich vermisste Lucia ihren Vater. Den Vater, der ihr abends Gute-Nacht-Geschichten vorlas; der ihr aufhalf und sie in den Arm nahm, wenn sie vom Fahrrad gefallen war; der ihr alles über Kirchen, Denkmäler, antike Statuen beibrachte; der ihr aufmerksam zuhörte, als sie ihre ersten wichtigen Gedanken formulierte.

Seit dem Terror – sein Wort, nicht Lucias – hatte sich ihre Beziehung umgekehrt. Er verstand sie nicht mehr, war ungeduldig mit ihr. Dabei hatte sie alles getan, was er verlangt hatte: Sie war nach Frattocchie gegangen, sie blieb auch danach in der Partei, sie machte Karriere in der Zentrale.

Lucia dachte an ihre Mutter, die sich jeden Abend still den Diskussionen von Mann und Tochter ausgesetzt sah. Lucia fühlte ihre Anspannung, ihr Unbehagen. Sie hatte versucht, ihr zuliebe weniger über Politik zu sprechen, den Vater während seiner endlosen Vorträge am Küchentisch nicht zu unterbrechen. Eines Abends, als die Diskussion zwischen ihnen wieder mal eskaliert war und ihr Vater zornig den Raum verlassen hatte, hatte ihre Mutter sie in den Arm genommen und ihr zugeflüstert: «Du gehst deinen Weg, hörst du? Mach dir um mich keine Sorgen.» Sie hatte verstanden.

Lucia dachte an diese Worte, als sie jetzt in das Gesicht ihres Vaters sah. Sein opportunistisches, korruptes Gesicht, sein schelmisches Grinsen, das den Schnurrbart in die Höhe schnellen ließ. Er war ein fremder Mann.

«Papa, alles ist gut, mach dir keine Sorgen. Es gehört zu meiner Arbeit, die Standpunkte der Sektion öffentlich zu vertreten. Ich habe hart gearbeitet, um dort hinzukommen, und ich habe auch nicht für Wirbel gesorgt», sagte Lucia monoton.

Sie gab ihm einen Kuss und entfernte sich. Aus dem Augenwinkel sah sie, wie er wieder in den Kreis der

Männer aufgenommen wurde. Jemand klopfte ihm anerkennend auf die Schulter. Armer, anachronistischer Mann, dachte sie.

«Geht es dir gut?»

Crucis Hand lag auf ihrem Rücken.

«Ja klar.»

«Warte, ich will auch deinen Vater begrüßen.»

Lucia hielt sie zurück.

«Lass sein. Später.»

«Gut, ich hole uns ein Glas Wasser und schaue kurz, ob ich Antonio finde.»

Lucia sah ihrer Freundin nach. Das grelle Licht und die vielen wichtigen Menschen schienen sie nicht zu stören. Sie bewegte sich ganz selbstverständlich an diesem Ort. Lucia bemerkte ein neues Selbstbewusstsein an Cruci. Längst war sie nicht mehr die unsichere Frau aus der Schule. Sie hatte sich verändert, sich weiterentwickelt, sie ging ihren Weg.

Als Cruci auf Antonio stieß, sah Lucia, wie sie seine Schulter berührte. Es war eine kleine Geste, aber Lucia erkannte die Zärtlichkeit darin. Wenn Cruci mit Antonio zusammen war, war es, als tauschten sie ihre Gesichtszüge aus: sie ein bisschen strenger, er ein bisschen weicher. Beide wirkten entrückt; ihr Blick wurde liebevoll, die Körperhaltung entspannt. Sie war anders mit ihm als mit ihr, eine fremde Cruci, nicht die Freundin, mit der sie eben noch einen intimen Moment geteilt hatte. Sondern eine, die ihr für immer verborgen bleiben würde.

Sie fixierte die beiden zu lange, bis Cruci sich zu ihr umdrehte und sie herbeiwinkte. Lucia signalisierte ihr mit der Hand, kurz zu warten, wendete sich schnell ab, um irgendjemanden zu finden, mit dem sie sprechen konnte, aber es war niemand in der Nähe. Sie machte sich auf den Weg zu ihnen.

Zwei Stunden später, nach endlosen Reden über die notwendigen Reformen der Partei, darüber, wie sie sich als integraler Teil der europäischen Linken definieren könne, begann nach Lucias einführenden Worten Crucis Vortrag.

Der Raum war unvertraut still, alle folgten gebannt Crucis Stimme.

Lucia blieb dicht bei ihrer Freundin, während Cruci das Wort an die Genossinnen und Genossen richtete. Sie war eifersüchtig, das musste sie sich in diesem Moment eingestehen. Nicht auf ihre Freundin, weil sie erfolgreich ihre Rede hielt; sie war eifersüchtig auf Antonio, der es geschafft hatte, etwas aus Cruci hervorzuholen, was sie in sich verborgen trug, eine Seite, die Lucia immer gespürt, die Cruci aber vor ihr nicht offenbart hatte.

Sie selbst hatte Cruci nicht dazu bringen können, es war allein Antonios Verdienst – und dafür hasste Lucia ihn. Noch mehr aber hasste sie sich selbst, weil sie sich diesen Gedanken erlaubte. Als wäre Cruci ein ungeschliffener Diamant, der nur poliert werden musste, um zu strahlen. Wie schäbig von ihr, so etwas zu denken. Als wäre Cruci nicht aus sich selbst heraus stark genug, ihre Persönlichkeit zu entfalten. Als hätte Cruci keinen freien Willen. Aber genau das war es, was Lucia in diesem Moment dachte.

Lucia war nicht nur eifersüchtig, sie war auch erregt über diese neue Version ihrer Freundin. Die ihre Unsicherheit abgelegt hatte, die nicht ständig ihr eigenes Handeln hinterfragte, die sich nicht dauernd für irgendetwas entschuldigte.

Lucia sah zu dieser neuen Cruci auf; vielleicht hatte der Umzug nach Köln ihr doch gutgetan, vielleicht hatte sie sich von ihr, Lucia, lösen müssen, um sie selbst zu werden. Vielleicht hatte Lucia sie unbewusst kleingehalten. Diesen Gedanken verwarf sie sofort, er erschien ihr wirr und falsch. Sie hatte Cruci immer unterstützt, sie beraten, ihr zugehört. Sicher, sie hatte ihr gesagt, dass es ein Fehler war zu gehen, das Land zu verlassen, *sie* zu verlassen, um einem Mann in eine unbestimmte Zukunft zu folgen und als Hausfrau und Mutter zu enden. Sie hatte ihr gesagt: Du bist zu schlau dafür, du hast zu viel Potenzial, schmeiß es nicht weg. Aber Cruci hatte damals nur gelächelt. Zu Recht, denn Lucia hatte sich geirrt: Wegzugehen war die beste Entscheidung gewesen, die Cruci treffen konnte.

Lucia hatte ihre Freundin unterschätzt. Aber sie so auf dem Kongress zu sehen, wie sie eine Rede hielt, als ob sie ihr Leben lang nichts anderes getan hätte, erfüllte Lucia mit Stolz, Freude, Respekt.

«Die Frauensache geht uns alle etwas an», hörte sie

Cruci sagen. «Frauen arbeiten in den Fabriken, Frauen arbeiten zu Hause, Frauen sind politisch aktiv, und am wichtigsten: Frauen wählen. Die Frauensache sollte einen neuen Namen bekommen, weil sie mehr ist als nur eine Sache der Frauen.»

Cruci war fast fertig mit ihrer Rede, als sie sich noch einmal vorbeugte, um dann langsam und mit einem Lächeln zu sagen: «Wer die Frauensache nicht unterstützt, nennt sich zu Unrecht Kommunist.»

Pause.

«Vielen Dank für Ihre Aufmerksamkeit.»

Applaus.

Lucia stand neben sich. Sie hatte gerade einer Transformation beigewohnt, es hatte beinahe etwas Religiöses.

Während Cruci sich von den Genossinnen und Genossen beglückwünschen ließ, spürte Lucia eine Hand auf ihrer Schulter, eine vertraute Geste, diesmal war es Antonio. Er lächelte sie an: «Kompliment, Lucia.»

Seine Freude schien aufrichtig, trotzdem störte Lucia etwas daran. Vielleicht war es sein Blick, der sie durchdrang, der ihr sagte: Ich weiß, was du über mich denkst.

«Danke, aber deine Frau war einfach phänomenal dort oben auf dem Podium.»

«Ihr wart zusammen großartig», sagte er, und sie wussten beide, dass er log.

Antonio knackte mit den Fingerknöcheln und schlich

sich nun an Crucis Seite, so wurde ihr Erfolg auch zu seinem. Er schüttelte Hände, versuchte, respektvoll zu sein, Crucis Moment nicht zu zerstören.

Es machte Lucia rasend, sie beide so zu sehen, während sie selbst allein hier stand. Sie brauchte ein Glas Wein, musste dringend etwas mit ihren Händen machen.

Ihr Vater kam auf sie zu. Er hatte ein verkrampftes Lächeln im Gesicht.

«Gut gemacht», sagte er.

«Danke, Papa.»

Doch er hörte sie gar nicht mehr, sondern stand bereits neben Cruci und Antonio, verwickelte sie in ein Gespräch.

Lucia konnte den Anblick nicht ertragen.

«Herr De Luca», hörte sie Cruci zu ihrem Vater sagen, «danken Sie lieber Ihrer Tochter als mir. Es ist allein ihr Verdienst, dass ich heute hier vortragen durfte. Ohne Lucia hätte ich es niemals gewagt, von dort oben zu den Genossinnen und Genossen zu sprechen.»

Cruci hatte sie nicht vergessen.

Sie fühlte sich lächerlich, schaffte es trotzdem nicht, den Gedanken von sich zu weisen. Egal wie sehr sie dagegen ankämpfte, immer wieder kehrte er zurück. Das Einzige, was sie tun konnte, war, sich nichts anmerken zu lassen; so tun, als ob sich nichts geändert hatte. Als ob sie und Cruci immer noch unzertrennlich waren. Als ob Cruci sie immer noch brauchen würde. Sie musste die Lüge aufrechterhalten, ansonsten, ja, ansonsten würde sie Cruci für immer verlieren.

Lucia fasste einen Entschluss. Und wie immer, wenn sie sich für etwas entschied, gab es kein Zurück mehr. Sie würde es nicht wagen, ihre Entscheidung anzuzweifeln. Schon gar nicht, sie zu revidieren.

33

Langeweile kriecht in mir hoch. Ich war noch nie so lange mit meiner Mutter alleine, seit ich nicht mehr in Köln lebe. Wir teilen uns ein Zimmer im Hotel, zwei Betten, ich habe keinen Rückzugsort, fühle mich beobachtet, jede Bewegung wird analysiert. Sie versucht zu verstehen, warum unser Verhältnis nicht mehr so ist, wie es einmal war, in einer Zeit, bevor der Tod uns heimsuchte.

«Ich geh kurz raus», sage ich und verlasse das Zimmer, ohne ihre Antwort abzuwarten.

Draußen empfängt mich ein starker Wind, es lähmt mich sofort. Ich blicke auf den kleinen Spielplatz auf der gegenüberliegenden Straßenseite, die Schaukel bewegt sich von selbst, hin und her, die Wippen scheinen zu tanzen, das Klettergerüst ist voller dunkler Löcher. Ein Geisterort, hier in Rom, für drakonische Menschen, die nachts zum Spielen rauskommen.

Ich zünde mir eine Zigarette an, ziehe mein Telefon aus der zu engen Jeans und scrolle auf Scruff rum. Vier mal sechs Quadrate, das sind vierundzwanzig potenzielle Sexpartner auf einem Screen, viele Kopflose in den Kästchen. Die wenigen Mini-Gesichter, die als Konterfeis zu sehen sind, machen mir Angst: akkurat gestutzter Bart, volle Lippen, streng gegeltes, pechschwarzes Haar.

Ich scrolle weiter runter, und weiter, und weiter. Vierundzwanzig potenzielle Dates werden zu über 152. Ich spüre Überforderung in mir hochkriechen. Und Lust.

Ich stelle mir vor, wie ich mich nachts davonstehle. Was soll ich meiner Mutter auch sagen? Ist es okay, wenn ich ein paar Stunden weg bin, um einen One-Night-Stand mit einem Typen zu haben, dessen Namen ich nach einer Stunde wieder vergessen haben werde. Danke. Bis später.

So redet man in deutschen Familien, wo Eltern zu Freunden werden und es keine Schamgrenze gibt. Bei uns würde sich eher jemand umbringen, als mit seiner Mutter oder seinem Vater so zu reden. Es würde eine Illusion zerstören.

Gerade will ich mein Telefon zurück in die Hosentasche schieben, da spüre ich eine Vibration. Ich entsperre den Bildschirm und sehe unten rechts eine Nachricht blinken. Ich klicke drauf.

QueerMarxist: Ich mag deinen Bart. Er erinnert mich an den Zauberer Merlin.

whatever_fuckoff: danke. der alte aus dem disneyfilm??

QueerMarxist: Genau der. Kommst du aus Rom?

whatever_fuckoff: aha, na dann …

whatever_fuckoff: nein, aus berlin.

QueerMarxist: Ich liebe Berlin. Und warum sprichst du dann Italienisch?

whatever_fuckoff: das fragen mich alle. meine eltern sind italiener. bin aber in deutschland groß geworden.

whatever_fuckoff: was suchst du?

QueerMarxist: Die Revolution.

whatever_fuckoff: lol.

Ich schaue mir sein Foto an, QueerMarxist scheint hot zu sein, aber es ist etwas anderes in diesem Profilfoto, das mich fesselt. Sein Bild ist offenbar bei ihm zu Hause, in seinem Zimmer aufgenommen. Er sitzt auf einem Bett, weiße Bettwäsche, sie blendet mich, ich rieche die Bleiche und fühle mich gut.

Ich lese mir sein Profil durch:

QueerMarxist
Jetzt Online: 8,2 km entfernt
24 Jahre alt, Single
1.74 m, 68 kg, stark behaart
Ich bin
#Queer, #Nerd, #Studenten, #Otter

Mir gefallen

#Daddys, #Studenten, #Bären, #Chubbys, #Queer

Ich bin offen für

Dates, Nur Spaß / Keine Verpflichtungen

Meine Pronomen

er / seiner / ihm / ihn

Meine sexuellen Vorlieben & Verhütung

Beides

Was ich mache

-

Was ich suche

the revolution

Das interessiert mich

Zum Glück gibt es die Schwuchteln, die ein bisschen Phantasie haben: Wir beanspruchen die Freiheit, uns so anzuziehen, wie wir es wollen und wie es uns gefällt, uns an einem Tag für ein bestimmtes Kleidungsstück zu entscheiden und am nächsten Tag für ein anderes, mehrdeutiges, Federn und Krawatten zu tragen sowie Leopardengürtel und Babyflaschen, Nieten und die Lederpeitsche der leather queens, die schwitzenden und fettigen Lumpen der Hafenarbeiter oder das Umstandstüllkleid im Stefanacci-Format. Wir haben Spaß beim Gönnen, fischen aus der (Vor)Geschichte und den Müllcontainern, die Uniform von gestern, heute und morgen, den Ramsch, die Kleidungsstücke und Symbole, die die momentane Stimmung am besten ausdrücken. (Mario Mieli)

Wo ich lebe
Roma, Italy

whatever_fuckoff: ich bin rocco. wie heißt du?

QueerMarxist: Wie der aus «Rocco und seine Brüder»? Haha.
Ich bin Hassan.

whatever_fuckoff: freut mich. und was machst du so in rom?

QueerMarxist: Studiere an der Sapienza. Was machst du in Berlin?

whatever_fuckoff: versuche zu überleben.

QueerMarxist: Tun wir das nicht alle? Nein, ich meine, arbeitest du dort? Studierst du?

whatever_fuckoff: ach so. ich studiere philosophie und habe einen schrottjob, um halbwegs über die runden zu kommen.

QueerMarxist: Wo bist du jetzt? Du wirst mir mit 8,2 km angezeigt.

whatever_fuckoff: lange geschichte.

QueerMarxist: Okay, super geheimnisvoll. Geht es etwas genauer?

whatever_fuckoff: in der nähe von ostiense.

QueerMarxist: Oha.

whatever_fuckoff: wenn du wüsstest.

whatever_fuckoff: ich bin mit meiner mutter im hotel, an der grenze zur autobahnauffahrt. so classy und sexy.

QueerMarxist: haha. Mit deiner Mutter? Ich glaub, ich hab verstanden, wo du bist, meine Tante wohnt dort in der Nähe.

whatever_fuckoff: pics?

Ich zünde mir noch eine Zigarette an, habe jedes Gefühl für Zeit verloren und warte auf mehr Fotos von Hassan, der mich an meinen Vater erinnert. Oh Gott. Ich dreh durch.

Herr Freud, bitte helfen Sie mir, was hat das zu bedeuten?

Den Zigarettenstummel schmeiße ich auf die Erde, trete ihn aus und gehe in die Lobby. Ich hebe leicht das Kinn und laufe so am Nachtportier vorbei, dessen Uniform zu klein ist und dessen Mütze schief sitzt.

Ich nehme die Treppe Richtung Toiletten. Ich schaue nach, ob irgendeine Kabine besetzt ist, und erst nachdem ich mich vergewissert habe, allein zu sein, schließe ich mich in der letzten ein. Ich öffne meine Jeans. Und warte.

34

1987, ROM

Es war nicht ihre Schuld, sie hatte es so gelernt: Die Partei war größer als das Individuum, als Freundschaften, Liebschaften, Familie, als die eigenen Bedürfnisse. Sie hatte getan, was getan werden musste. Cruci würde es verstehen, sie hatten die gleiche Ausbildung genossen, waren auf die gleiche Weise politisiert worden.

«Hier, trink!»

Lucia folgte Jekaterinas Aufforderung, kippte den Schnaps runter und spürte ein teuflisches Brennen in der Kehle. Ihr Körper wurde wärmer, sie verzog das Gesicht, wischte sich mit dem Handrücken die Tröpfchen vom Mund, roch daran, selbstgemacht, hochprozentig.

«Lucia, jetzt sag endlich, was ist los?»

Lucia blickte zu Boden, versuchte, die Muster auf dem Kelim zu zählen. Eins, zwei, drei ... sieben ... vierzehn ... achtzehn.

«Lucia, ich mache mir Sorgen. Was ist passiert?»

Lucia sah in Jekaterinas Gesicht, sah den mütterlichen Blick. Alles würde ihre Freundin ihr verzeihen, aber das hier vielleicht nicht? Warum war sie überhaupt zu ihr gegangen, was hatte sie erwartet? Verständnis?

Absolution? Eine Schulter zum Ausweinen? Sie wäre besser zu Hause geblieben.

Sie zündete sich eine Zigarette an, blies den Rauch aus. «Ich habe heute als Leiterin der Frauenkommission die Liste unterschrieben, die fordert, Antonio aus seinem Posten zu entfernen und durch ein weibliches Parteimitglied zu ersetzen ... Ich konnte nicht anders.»

«Du hast es also wirklich getan.» Jekaterina schüttelte den Kopf. «Nun, du kennst meine Meinung dazu. Was soll ich sagen?»

«Ich hatte keine Wahl, Jekaterina. Nicht, wenn ich das Ganze politisch betrachte. Versteh doch, die Partei wird immer bedeutungsloser, ihre Ziele immer nebulöser. Wenn wir uns nicht reformieren und die Quote für Frauen konsequent vorantreiben, wird alles, wofür wir bis jetzt gekämpft haben, eine unbedeutende Fußnote in den Geschichtsbüchern bleiben.»

«Aber zu welchem Preis, Lucia? Was wird Cruci sagen, wenn du es ihr erzählst?»

Sie blies den Rauch ins Nichts. «Ich habe nicht vor, es ihr zu erzählen.»

«Du liebe Güte, Lucia.» Jekaterina griff zur Flasche und schenkte ihnen nach. «Du musst es ihr sagen, hörst du? Sie darf es auf keinen Fall aus dem Brief mit den Unterschriften erfahren. Du musst sie anrufen und es ihr erklären. Sonst hat eure Freundschaft keine Zukunft.»

«Ich wusste, dass du das sagen würdest. Aber sie wird es mir sowieso nicht verzeihen. Niemals. Sie hat immer Antonios Belange vor ihre eigenen gestellt und wird es auch in diesem Fall tun.»

«Wenn du ihr nicht mal die Gelegenheit gibst, dazu Stellung zu nehmen, wird sie dir sicher nicht verzeihen. Aber verrate mir eins: Warum musstet ihr gerade bei Antonio beginnen? Gab es keinen anderen männlich besetzten Posten, den ihr stürzen konntet?»

Ja, warum hatte sie gerade bei Antonio angefangen? Es hatte politische Gründe. Antonio war Leiter des Kulturvereins in Köln, war *der* Mann des PCI in Deutschland. Bei den bevorstehenden Parlamentswahlen würde die Stimme der dort lebenden Genossinnen und Genossen zählen, und das bedeutete mehr Macht für die Person an der Spitze. Außerdem mussten sie im Ausland anfangen: Köpfe von Männern hier in der Zentrale rollen zu lassen, wäre ein zu großer und schneller Schritt gewesen. Also würden sie mit einem strategisch wichtigen Standort beginnen. So hatte Lucia es sich erklärt. Sie wusste, es war nur die halbe Wahrheit.

«Lucia», Jekaterina kam näher, «ich muss das so akzeptieren, und das tue ich auch. Dir sollte nur bewusst sein, dass ab jetzt alles anders wird. Du hast getan, was dir richtig erscheint, und nun musst du die Konsequenzen aushalten. Und es wird Konsequenzen geben, weil es die immer gibt, wenn es um die Partei geht. Sergio und ich werden für dich da sein. Aber zwing uns bitte nicht, uns zwischen Cruci und dir zu entscheiden. Ihr seid beide wie Töchter für mich, für uns.»

«Danke», murmelte Lucia und nahm einen großen Schluck.

Sie hörte einen Schlüssel in der Haustür. Kurz darauf betrat Sergio den Raum, er sah ernst aus. Seine Haare standen in alle Richtungen, sein Blick war leer.

Er wusste es.

«Danke fürs Zuhören, Jekaterina.» Sie ging zu Sergio und gab ihm zur Begrüßung einen Kuss auf die Wange, er nahm sie in den Arm, zu lange. Eine väterliche Geste, die Lucia wachrüttelte.

«Willst du nicht zum Essen bleiben?», sagte er.

«Danke, ich muss los. Es ist besser, wenn ich nach Hause gehe und den Mut aufbringe, ein Telefonat zu führen.»

Er strich sich eine Haarsträhne aus dem Gesicht, hustete und schaute sie an.

«Warum, Lucia?»

«Warum ich nicht zum Essen bleibe?»

Sergio schüttelte den Kopf. «Warum hast du den Antrag unterschrieben? Ich verstehe es nicht. Ich habe lange auf dem Heimweg überlegt, was deine Gründe sein könnten, aber mir fallen keine ein. Politisch ist das nicht zwingend. Ich kann also nur ein persönliches Motiv vermuten, und deswegen frage ich dich: Warum?»

Lucia spürte Wut in sich aufsteigen. «Du empfindest es als politisch nicht zwingend? Natürlich nicht. Aber ich sehe das anders. Ich habe es für die Partei getan, Sergio.»

«Für die Partei? Seit wann interessiert dich die Partei so sehr, Lucia? Du willst Macht, und das ist per se auch nicht verwerflich, aber dann benenne es auch so. Ich hoffe, dass ich dir wenigstens das beigebracht habe. Vielleicht hast du andere Gründe, die du mir nicht verraten willst. Das ist dein gutes Recht. Aber ich würde dich bitten, mich nicht zu belügen.»

Lucia hatte ihren Mantel schon im Arm, versteckte das Zittern ihrer Hände.

«Schluss jetzt, streitet euch nicht.» Jekaterina stand vom Sofa auf. «Lucia, bleib noch ein bisschen, leg den Mantel ab.»

«Ich muss wirklich los, Jekaterina, ich ...»

«Nein, du bleibst.»

Jekaterina schob sie zurück ins Zimmer und schüttete diesmal drei Gläser voll. Eins reichte sie ihrem Mann und sagte: «Und du hörst auf mit der Inquisition. Was Lucia vorhat, hat politische Gründe, und das müssen wir respektieren. Auch wenn wir niemals handeln würden wie sie, auch wenn es uns in einen persönlichen Zwiespalt bringt: Wir müssen Lucia das Recht zugestehen, ihre eigenen Entscheidungen zu treffen und das Risiko einzugehen, Fehler zu machen.»

Sie reichte Lucia ebenfalls ein Glas. «Und du musst mit Cruci reden. Wenn du es nicht tust, müssen wir es machen. Das sind wir ihr schuldig.»

Sie erhob ihr Glas, sah erst Lucia in die Augen, dann ihrem Mann. «Cin cin.»

35

Als Lucia ihre Wohnung betrat, ließ sie das Licht ausgeschaltet. Sie stand im Flur, die Enge spendete Trost, und versuchte, ihre Augen an das Schwarz zu gewöhnen, das langsam blau wurde. Unsichtbare Gegenstände erhielten ihre Form zurück, sie erkannte die Umrisse der Fotorahmen, die Vase mit Blumendekor ihrer Mutter.

Lange blieb sie so stehen, die Jacken am Kleiderhaken wie Gespenster, ihre Schuhe, Größe 37, lagen tot an ihrem Platz, links auf der Kommode, neben dem Schlüsselbund in der sizilianischen Keramikschale, die Cruci ihr geschenkt hatte, das Telefon.

Sie nahm den Hörer in die Hand, begann die Nummer zu wählen, 0–0–4–9 ... 2–2–1, legte schnell auf.

Es geht einfach nicht, dachte Lucia. Wie soll ich es ihr sagen? Sie wird es nicht verstehen. Und wenn der Brief mit meiner Unterschrift die Zentrale verlassen hat und zwei Wochen später in Deutschland ankommt, wird sie es ohnehin erfahren.

Lucia atmete laut aus, sie hockte sich hin, stützte den Kopf in beide Hände. Warum hatte sie sich nicht bemüht, einen anderen Weg zu finden? Sie hatte allen gesagt, es gebe keine Alternative, das sei es, was die Partei jetzt brauche. Natürlich hätte sie Antonio aussparen können. Vorerst. Ihrer Freundin zuliebe. Hätte dafür plädieren können, mit männlichen Funktionären in anderen Ländern zu beginnen, Großbritannien, Belgien. Dafür die Leute mobilisieren, die ihre Ideen teilten und die die Macht hatten, sie politisch durchzusetzen.

Lucia legte sich flach auf den Boden, die Fliesen kühlten ihren Kopf, richtete sich noch mal auf, zog den Mantel aus, ließ ihn fallen, dorthin, wo eben noch ihr Körper lag. Sie nahm erneut den Hörer, wählte 0-0-4-9-2-2-1, hielt inne, und weiter 5-3-5-2-1, wartete, dann die 3, das Telefon machte tut-tut, dann nur noch tu-tuuuut-tu-tuuuut-tu-tuuuuut, der Hörer hing neben der Kommode, wie ein Mann, der sich erhängt hatte.

Was hatte sie sich nur dabei gedacht? Niemals würde Cruci ihr verzeihen, wenn sie herausfand, dass sie dahintersteckte. Cruci war eine Frau aus dem Süden, eine Frau mit Prinzipien, ohne Verständnis für einen politischen Sturz, wenn es sie persönlich träfe. Sie würde ihr ganzes Leben damit verbringen, einen stillen Groll gegen Lucia zu hegen. Die Fotos aus ihrer gemeinsamen Zeit würde sie zerreißen oder tief in einer Schublade verstecken, wo ihre Kinder, wenn sie erwachsen wären, sie vielleicht fänden. Sie würden ihre Mutter fragen, wer diese Frau gewesen sei. Und Cruci würde antworten, eine Bekannte von damals, niemand Wichtiges.

Und Lucia? Würde nie wieder eine Freundin wie Cruci finden.

Sie hob den Kopf, funkelnde Augen, sie hörte die

gurrende Begrüßung. Ihre Katze näherte sich vorsichtig, streunte sorglos um ihre Beine, als ob nichts in der Welt sie beschäftigte, sie schnurrte einfach nach Aufmerksamkeit. Gedankenverloren hielt Lucia ihr die Hand hin, die Katze roch an ihren Fingern, Spuren von Alkohol und Zigaretten, rieb den Kopf daran. Wie aus dem Nichts fuhr sie die Krallen aus, um Lucias Hand festzuhalten. Lucia zeigte keine Reaktion, die Katze ließ los, leckte mit ihrer rauen Zunge über Lucias Fingerkuppen, Knöchel, wickelte ihren langen Schwanz um ihr Bein, nahm sie gefangen. Die Katze schaute sie ablehnend an, der Schwanz immer noch um ihre Beine gekrallt, als ob sie alles wüsste und Lucias Handlungen missbilligte.

Sie kann es nicht wissen, sie ist nur eine Katze, dachte Lucia, aber der Blick wich nicht von ihrem Körper, die Katze saß vor ihr und schaute hoch. Sie wusste es.

Wie sähe ihr Leben aus, wenn sie andere Entscheidungen getroffen hätte? Wenn ihr Vater kein Kommunist gewesen und sie nicht den Weg der Partei gegangen wäre? Wenn sie nicht zur Schule nach Frattocchie gegangen wäre? Wahrscheinlich wäre sie trotzdem in Rom geblieben, hätte studiert, politische Theorie, vielleicht sogar jemanden an ihrer Seite ertragen. Hätte an der Uni Karriere gemacht. Sie hätte ein einfacheres Leben geführt, vielleicht ein besseres Verhältnis zu ihrem Vater gehabt. Und sie hätte mehr Freundschaften als nur eine gepflegt und sich nicht von dieser einen abhängig gemacht.

Oder das Gegenteil von alldem: Sie wäre im Gefängnis gelandet, als eine Frau der Roten Brigaden, die sich im Untergrund versteckte, bis sie aufflog. Wenn sie die Partei nicht gehabt hätte, wäre sie dann in den bewaffneten Widerstand gegangen? Sie trug auch diese Möglichkeit in sich, ihr Charakter hätte es zugelassen. Sie hatte die richtigen Demonstrationen besucht, hätte im Kreis der extraparlamentarischen Parteien aufgehen können. Andererseits war sie eine Einzelgängerin, wollte selbst entscheiden. Sie hätte die ewigen Diskussionen nicht ertragen, sie wollte Macht und niemandem Rechenschaft ablegen.

Vielleicht wäre sie auch der Autonomia Operaia beigetreten, der sozialen Bewegung, die sich dem Kampf gegen die Arbeit, gegen etablierte politische Formen und Institutionen verschrieben hatte. Wäre wie die anderen im Prozess vom 7. April verurteilt worden, weil sie angeblich zum Mord an Aldo Moro angestachelt hatten. Wäre von der Partei verraten worden, direkt als Kriminelle abgestempelt, hätte fliehen müssen, vielleicht Frankreich, vielleicht Kanada, oder aber im Gefängnis Rebibbia büßen müssen.

Warum dachte sie jetzt über all das nach? Ihr Leben war vorprogrammiert, vom Moment der Geburt an. Ihre Eltern hatten ihr immer gesagt, was sie zu tun habe, irgendwann hatte sie begonnen, gegen ihren Vater zu rebellieren, als ihr alles sinnlos erschien. Sie war jung, hatte zu viele Fragen und keine Antworten, fühlte sich nicht verstanden.

Mit Cruci war es anders geworden. Endlich hatte sie eine Person gefunden, die so dachte wie sie. Vielleicht waren ihre Entscheidungen doch richtig gewesen? Cruci und sie waren gegensätzlich und doch vollkommen symbiotisch, und genau deshalb hatte Lucia mit ihr den Eindruck, alles zu haben, nichts mehr zu brauchen. Nur sie beide.

An einer Universität in Rom oder im Untergrund hätte Lucia Cruci niemals treffen können. Sie kam aus Palermo und wäre nicht in ihr Leben getreten, hätte es die Partei nicht gegeben. Es war Schicksal.

Ich hatte keine Wahl, ich hatte keine Wahl, dachte Lucia immer wieder. Wenn sie es sich oft genug sagte, würde es stimmen, würde sich die Halbwahrheit als Wahrheit in ihrem Kopf festsetzen, als wäre es keine Lüge mehr. Ich habe es für die Frauen getan, für alle Frauen in der Partei, auch für Cruci.

Auf der Suche nach Zigaretten kippte Lucia ihre Handtasche aus, der Inhalt fiel dumpf zu Boden, sie tastete sich durch den Berg aus Lippenstift, Taschentüchern, Kalender, Briefen. In den Kalender hatte sie, gleich auf die erste Seite, das einzige Foto geklebt, das sie immer bei sich trug: sie und Cruci. Sie liebte das Bild, es erinnerte sie an eine bessere Zeit, als sie sorglos waren, als nichts ihre Freundschaft zerstören konnte, als alles noch gut war.

In der Dunkelheit sah das Bild plötzlich bedrohlich aus, als ob Crucis Augen gelb aufblitzten, als ob sie den bösen Blick hatte. Lucia hielt nichts vom Aberglauben aus dem Süden, aber sie erschrak trotzdem. Sie brauchte eine Zigarette, sofort. Sie stand auf, suchte in den Manteltaschen weiter, da waren sie, zündete sich eine an, ließ die rechte Hand mit der Zigarettenglut kreisen, hatte keine Kontrolle mehr, auch nicht, als die Glut das Foto erreichte, das Papier sich um den kleinen Krater wellte, das Rot begann, das Bild aufzufressen. Sie hielt die Zigarette still, der Qualm stach ihr in die Augen, die Nase, befeuchtete ihr Gesicht, Lucia war wie hypnotisiert, konnte nicht stoppen.

Vielleicht würde das Feuer sie reinigen, ihr neue Kraft geben, der Rauch sie läutern. Morgen würde sie eine neue Person sein, eine, die auf niemanden mehr angewiesen ist, die ihre Vergangenheit hinter sich lässt, die nur noch an die Zukunft denkt. Ohne Zerstörung keine Erneuerung.

Die Asche rieselte auf ihren Pullover, sie ließ es geschehen, zog an der Zigarette, ließ den Rauch ihre Lungen füllen. Er sollte sich ausdehnen, sich mit den Zellen vermischen, sie fühlte ihn im Kehlkopf, in der Luftröhre, in den Bronchien, sie fühlte den Rauch überall. Sie hielt die Luft an, für ein paar Sekunden, bis der Rauch aggressiv aus ihrer Nase trat, nahm noch einen Zug, stieß aus. Sie schaltete das Licht an.

36

Cruci stand vor *Rinascita* und wartete auf Antonio, der noch schnell reingegangen war, um ein Buch zu kaufen. Von hier aus konnte sie auf den großen halbrunden Eingang der Parteizentrale blicken. Der Glanz von einst war vergangen, die Stahltür hatte ihren silbernen Schimmer verloren, die weiße Farbe an den Fensterrahmen blätterte ab.

Cruci schaute auf ihre Uhr. Sie blickte hoch und sah in das Gesicht ihres Mannes.

«Bleib ruhig, Antonio. Wir schaffen das», sagte sie.

Sie hakte ihn unter, gemeinsam gingen sie die paar Meter zum Bottegone, durch den Stahlbogen, an der Skulptur von Giò Pomodoro vorbei, und steuerten direkt die Treppe an.

Erster Stock.

Zweiter Stock.

Dritter Stock.

Vierter Stock.

Vor sechs Wochen hatte Antonio einen Brief erhalten, es war ein direkter Protest gegen ihn. Seine Funktion als Gesandter der Partei in Deutschland stand seitdem zur Disposition. Das Thema sollte ein Tagesordnungspunkt auf der heutigen Sitzung der im Ausland vertretenden Sektionen des PCI sein. Antonio sollte in einer öffentlichen Rede darlegen, warum er für den Posten nach wie vor der geeignete Kandidat sei.

Dieser Brief war wie aus dem Nichts gekommen. Er hatte Cruci einen Stich in den Magen versetzt, vor allem, als sie einen Namen darauf entdeckt hatte.

Schnell gab sie Antonio einen Kuss auf die Wange, dann betraten sie den Konferenzraum.

Sie tasteten sich durch die Stuhlreihen und nahmen in der dritten Reihe Platz. Antonio schüttelte ein paar Hände, sie nickte einigen Leuten ungezwungen zu und hoffte, ihr Optimismus würde sich auf sie übertragen.

Wie hatte Lucia ihr das antun können? Cruci hatte es nicht glauben können, als sie ihre Unterschrift sah, war sich sicher, dass es sich um ein Missverständnis handelte. Aber die Tinte log nicht. Lucia war ihr in den Rücken gefallen. Irgendjemand musste sie gezwungen haben, aber wer? Sie war die Leiterin der Frauenkommission.

Tagelang hatte Cruci auf einen Anruf von ihr gewartet, der nicht kam. Sie hatte selbst zum Hörer gegriffen, immer wieder, Lucias Nummer gewählt, dann schnell aufgelegt.

Letztlich wollte sie die Wahrheit nicht wissen: dass Lucia, ihre Lucia, sie verraten hatte, so klammheimlich und feige? Nein, es konnte nicht sein. Lucia würde das nicht tun, ihre Freundschaft war zu wichtig, wichtiger als alle Politik.

Lucia, warum hast du nicht angerufen?

Lucia, wo hast du dich versteckt?

Plötzlich hatte Cruci ihr Knie nicht mehr unter Kontrolle. Es begann, hemmungslos zu zittern. Ihre Hände waren feucht, sie legte sie schnell auf ihren Schoß, suchte Antonios Hand.

Zu allem Überfluss wollte die Frauenkommission mit Beatrice de Angelis eine Genossin nach Deutschland schicken, die dort noch nie gelebt hatte. Cruci hätte es verstanden, wenn Maria aus dem Kulturverein Ambitionen gehabt hätte, schließlich leitete sie seit Jahren erfolgreich die Kölner Frauengruppe und wäre die ideale Kandidatin für den Posten gewesen. Aber Maria wollte gar nicht, im Gegenteil, die Frauen in Köln schienen zufrieden mit Antonio als Vorgesetztem zu sein.

Ganz heimlich war Cruci auch ein bisschen wütend, dass niemand *sie* gefragt hatte. Warum nicht? Sie hatte die kommunistische Schule besucht, sie lebte in Deutschland, verfügte über Kontakte, beherrschte die Sprache. Sie hätte genauso gut, wenn nicht besser als ihr Mann, die Partei in Deutschland repräsentieren können. Sie half ihm sowieso die ganze Zeit, bei seinen Reden, bei der Organisation der Veranstaltungen und Demonstrationen. Manchmal kam Cruci sich vor wie der lebende Beweis für diesen dummen Spruch, dass hinter jedem starken Mann eine noch stärkere Frau stehe.

Wie so oft hatte sie Antonio auch dieses Mal auf seine Rede vorbereitet, hatte in der Nacht zuvor noch die letzten Sätze geändert, nachdem sie tagelang alles mit ihm durchgegangen war.

Sie lächelte Antonio aufmunternd zu, beugte sich zu ihm und flüsterte: «Du schaffst das. Denk dran, langsam und genau zu sprechen.»

Nachdem sie das gesagt hatte, schaltete sie ab, schnappte von irgendwoher Sätze auf, die sich nicht verfestigten, ihre Gedanken kreisten nur um Lucia.

Tosender Applaus ließ sie aufschrecken. Antonios Rede war vorbei. Er verbeugte sich, suchte ihren Blick. Er hatte es gut gemacht, wie immer.

Crucis Knie fing erneut an zu zittern. Sie spürte, wie ihr schlecht wurde. Unter dem verwunderten Blick ihres Mannes stürzte sie von ihrem Stuhl, entschuldigte sich und lief zur nächsten Toilette. Sie übergab sich. Der ganze Ekel floss aus ihr heraus.

Sie wischte sich mit der Hand über die Lippen, nahm ein Stück Toilettenpapier, machte sauber, Acetongeruch gepaart mit dem Duft von Zitrone stieg ihr in die Nase, ihr wurde erneut übel, schnell hockte sie sich auf die kalten Fliesen.

Dort blieb sie.

Sie hörte, wie sich die Tür zum Bad öffnete, hielt den Atem an, ihr Herz stand still.

«Wie konntest du nur?», rief die Stimme.

Sie war ihr tatsächlich gefolgt.

Cruci zog sich an der Klinke hoch, schloss die Tür auf und trat vors Waschbecken.

Neben ihr stand Lucia, ihre Blicke trafen sich in dem großen Spiegel.

Cruci schob sich eine Haarsträhne hinters Ohr, drehte den Wasserhahn auf, spritzte sich Wasser ins Gesicht. In aller Ruhe spülte sie sich den Mund aus, wusch sich die Hände und hob erst dann erneut den Blick. Wie eine Katze im Regen stand sie neben Lucia. Und sah ihr direkt ins Gesicht.

«Bist du mir ernsthaft auf die Toilette gefolgt, um mich das zu fragen?», sagte Cruci.

Lucia hielt ihrem Blick stand. «Du hast gerade in dem Raum alle Frauen verraten. Mit deiner paternalistischen Rede. Ich weiß ja, dass du sie geschrieben hast. Wie konntest du das tun?»

«Willst du mir eine Moralpredigt halten? Ich kann es nicht glauben. Du hast mich hintergangen, unsere Freundschaft verraten, und nun besitzt du auch noch die Frechheit, mir Vorhaltungen zu machen? Du solltest dich schämen.»

«Du verstehst es nicht, Cru, oder?»

Lucias Blick war hochmütig, Cruci kannte ihn. Hatte ihn tausendmal gesehen. Aber es war das erste Mal, dass er ihr galt.

«Wir haben irgendwann mal gelernt, dass die Partei zuerst kommt, vor unseren Bedürfnissen. Hast du das vergessen? Das, wofür wir gemeinsam kämpfen wollten, ist größer als du, als Antonio, als wir beide. Ich habe mich an das gehalten, was wir abgemacht haben, ich hatte den Mut, unseren Worten Taten folgen zu lassen, aber du ... Du denkst nur an dich, an deinen Mann, an euer kleines Leben in Köln. Weiter gehen deine Gedanken nicht. Du willst es bequem, komfortabel, Cruci. Die Macht hat dich korrumpiert.»

«Du hast völlig den Verstand verloren», zischte Cruci. «Glaubst du etwa immer noch an den ganzen Schwachsinn? Dass die Partei unsere Interessen in den Vordergrund stellt, dass nicht jeder Einzelne da oben an der Spitze nur von Macht besessen ist, egal ob Mann oder Frau? Du redest, als wären wir noch auf der Schule. Aber die Zeiten haben sich geändert.»

«Meine Haltung ist so klar wie nie zuvor, Cruci, auch wenn die Zeiten sich geändert haben. Wir brauchen eine Revolte, und die Beförderung De Angelis' wäre ein erster Schritt. Ich hab es so satt, mir von Männern, die dümmer sind als ich, die Partei erklären zu lassen. Verstehst du?»

«Das nehme ich dir nicht ab. Dir geht es doch gar nicht um die Partei oder um die Rechte der Frauen. Es geht dir um dich selbst. Du zerstörst mein Leben, weil du politische Ambitionen hast. Du willst in die Parteiführung, hab ich recht? Und dafür müssen eben ein paar Köpfe rollen. Du bist nun in der Politik angekommen und kein bisschen besser als all die Männer, die du so verachtest, Lucia.»

«Du willst es einfach nicht verstehen ...»

«Nein. Ich verstehe es nicht. Aber was ich verstehe, ist, dass du feige bist und noch nicht mal den Anstand hattest, mich anzurufen, um mit mir persönlich darüber zu sprechen.»

Lucia schwieg, schaute sie an. Cruci glaubte plötzlich,

in ihren Augen ein Bitten zu erkennen. Lucia sah müde aus, am Haaransatz zeigten sich graue Strähnen, um die Lippen zeichneten sich Fältchen ab. In diesem Moment wirkte sie wie eine gebrochene Frau. Wie sehr wollte Cruci ihre Freundin in den Arm nehmen. Aber sie konnte es nicht, nicht mehr.

«Ich wusste nicht, wie ich es dir hätte sagen sollen», flüsterte Lucia. «Ich hatte Angst. Du hättest unsere Freundschaft trotzdem beendet. Ich weiß, dass du es getan hättest, weil du ... weil du dich am Ende immer für deinen Mann entscheiden würdest, und nicht für mich.»

«Wer weiß das schon, Lucia? Du hättest es einfach probieren können. Wie soll ich dir jemals wieder trauen? Und das Schlimme daran ist: Antonio war auch dein Freund, er war auch dein Genosse. Du hast nicht nur gegen mich gehandelt, sondern gegen die ganze Partei. Für Antonio kann ich nicht sprechen, er war schon immer großzügiger als ich. Aber für mich ist das unverzeihlich. Und wenn du mich nun entschuldigen würdest, ich muss zurück.»

Cruci streifte im Vorbeigehen Lucias Schulter, dann verließ sie das Bad, ohne sich noch einmal umzudrehen.

37

«Rocco, leg endlich das Handy weg, ich will dir was zeigen», sagt meine Mutter, nachdem ich ihr schon über zwanzig Minuten zu Fuß gefolgt bin. Wir sind am Circus Maximus, der Bocca della Verità vorbeigelaufen, am Palazzo Venezia, von dessen Balkon aus Mussolini den Eintritt Italiens in den Krieg gegen Frankreich und Großbritannien proklamierte.

Ich schnaufe, schreibe: «`meine Mutter nervt, sie will mir irgendwas zeigen`», stecke das Telefon zurück in die Jackentasche.

«Was ist denn?», frage ich sie.

Sie zeigt auf ein Gebäude, ich spüre mein Telefon vibrieren, es durchströmt meinen ganzen Körper. Ich kann an nichts anderes denken als an ihn, was rational betrachtet mehr als albern ist. Wir haben seit weniger als 24 Stunden Kontakt, ich weiß es. Ich will die Nachricht lesen, aber meine Mutter würde mich umbringen. Dieser Palazzo mit lauter unterschiedlichen Fensterformen bedeutet ihr etwas.

«Du wolltest mir einen Supermarkt und die Filiale einer Friseurkette zeigen?», sage ich.

«Ja genau, ich wollte dir einen Pam zeigen. Wenn es dich nicht interessiert, lassen wir es einfach.»

Ich habe den Moment versaut. Schon fühle ich mich

schlecht. Ich kenne das, so läuft es seit meiner Kindheit, ihre Wörter haben eine magische Kraft. Sobald sie ausgesprochen sind, fühle ich mich mies.

«Nein, sag jetzt bitte, was du mir zeigen wolltest. Tut mir leid.»

Sie glaubt mir nicht, ich sehe es ihr an, aber ihre Mundwinkel bewegen sich zurück in eine neutrale Position. Sie nimmt die Sonnenbrille ab.

«Das Gebäude da, wo jetzt unten der Supermarkt drin ist, das war die Parteizentrale, das Bottegone. Für deinen Vater und mich war es der wichtigste Ort überhaupt.»

Sie setzt die Sonnenbrille schnell wieder auf. Ich stehe direkt neben ihr. Weint sie?

«Es tut mir leid, ich wollte nicht bescheuert sein», sage ich, um ihre Tränen aufzuhalten, aber meine Wörter verpuffen in der kühlen Mittagssonne.

Ich fühle mich dumm und klein. Warum kann ich meiner Mutter nicht fünf Minuten meiner Aufmerksamkeit schenken? In zwei Tagen ist die Beerdigung von Lucia, sie redet nicht darüber, aber es macht etwas mit ihr. Ich nehme ihr die Brille ab, wische mit dem Daumen erst über ihr linkes, dann ihr rechtes Auge und umarme sie.

«Und Lucia?», frage ich. «Hat dieser Ort für sie auch alles bedeutet?»

Sie blickt zu Boden. «Ja, das hat er. Und jetzt lass uns gehen.»

38

«Ich geh noch mal raus», sage ich, nachdem ich eine halbe Stunde im Bad verbracht habe. Meine Haare sitzen halbwegs, ich bin zufrieden.

«Wohin gehst du? Es ist halb elf!» Meine Mutter sitzt auf dem Bett und schaut über den Rand ihres Buches zu mir hoch.

«Einen Freund treffen, der zufällig auch gerade in Rom ist.»

«Und wer ist dieser Freund, Rocco? Warum höre ich davon zum ersten Mal?»

«Du kennst ihn nicht. Muss ich dir jetzt Auskunft geben über jede Person, die ich sehe?»

«Als deine Mutter habe ich vielleicht das Recht zu erfahren, wohin du mitten in der Nacht verschwindest.» Sie legt das Buch neben sich aufs Bett.

«Halb elf ist mitten in der Nacht? Entschuldige, aber ich bin kein Kind mehr.»

Sie lacht auf. Ich habe schon verloren.

«Du bist immer noch mein Sohn, egal, wie alt du bist. Nur weil du nicht mehr zu Hause lebst, meinst du, du kannst machen, was du willst? Das wäre mir neu.»

«Willst du mir verbieten, mit einem Freund was trinken zu gehen? Soll ich die ganze Zeit bis zur Beerdigung eingesperrt mit dir in diesem Hotel bleiben?»

«Niemand zwingt dich zu irgendwas, Rocco. Ich habe dir nur eine Frage gestellt, die du offensichtlich nicht beantworten willst. Ich hatte keine Ahnung, dass es so schlimm für dich sein würde, mit deiner Mutter Zeit zu verbringen.»

Ich hasse es, wenn sie in der dritten Person von sich spricht.

Ich setze zu einer Antwort an, beschließe zu schweigen.

«Du kennst dich überhaupt nicht aus in Rom», sagt sie, «die Stadt kann sehr gefährlich sein ...»

«Ich passe schon auf mich auf, Ma.»

Unser Hotel liegt gleich an der Autobahn. Die roten Rücklichter der Autos jagen sich in der Dunkelheit, wie LEDs, die Fangen spielen. Es gibt kaum eine andere Lichtquelle. Weiter hinten an der vierspurigen Straße erkenne ich eine Tankstelle. Am Abend steht sie leer und still. Über zwei Zapfsäulen ist eine schwarze Plastikplane gespannt, ein kleiner Spalt am Boden ermöglicht den Blick auf Füße und Beine, die Plane bewegt sich langsam, vier Beine ineinander geschlungen, die hinteren stehen fest am Boden, eine Jeans ruht auf braunen Loafers, eine Hand streckt sich in die Höhe, mit goldenen Ringen bestückt. Ich höre die Autos vorbeirasen, vor meinen Augen vermischen sich Rücklichter und Plane, Rot betupft Schwarz. Mein Auge schafft es nicht mehr, Formen zu erkennen, eine amorphe Masse, die sich bewegt, bedrohlich.

Ich riskiere einen Blick. Die Körper scheinen das Tempo der Autos aufzunehmen. Irgendwann ein letzter Hall, ein letztes Aufbäumen. Zurück bleibt die tote Plane, mitten in der Nacht, die Lichter verblassen, nur noch Schwarz. Wo ist das Rot?

Ich steige in die Metro, setze meine Kopfhörer auf. Hassan will sich mit mir in der via San Giovanni in Laterano beim Kolosseum treffen. Fuck, ich bin spät dran.

«dauert noch ein bisschen, die metro kommt nicht», texte ich Hassan.

Als ich aussteige, schießen die Touristen noch ihre Fotos, dazwischen Straßenverkäufer, eine Gruppe weißer Amerikanerinnen unterhält sich zu laut.

Ich sehe die Regenbogenflagge über der Bar. Hassan steht direkt unter dem Türkis. Wofür stand es noch mal? Sex? Nein, das war Pink. Vielleicht Magie oder so ein Eso-Schrott. Egal, er sieht gut aus. Er trägt eine zerrissene Levis 501, die dunklen Locken hängen ihm ins Gesicht, berühren seine fast rechteckigen Augenbrauen, er hat ein T-Shirt mit einem Queer-Anarchy-Aufdruck an, zeigt ein unbesiegbares Lächeln, weiß und warm. Die neonfarbenen Sohlen seiner dreckigen Sneakers leuchten. Er sieht besser aus als auf den Fotos.

Umarme ich ihn? Küsse ich ihn links und rechts auf die Wange, nein, rechts und links? Gebe ich ihm die Hand? Oh Gott, wie begrüßt man sich hier? Er sieht mich, winkt, läuft auf mich zu, umarmt mich. Geschafft.

Ich atme seinen Duft ein und fühle mich wie ein Widerling, der zu viel Raum einer anderen Person einnimmt. Hat er was mitbekommen?

«Hallo», sage ich, die Hände in den Hosentaschen.

«Endlich. Komm, lass uns reingehen. Ich brauche ein Bier.»

Eine Horde Männer in zu engen Jeans patrouilliert in der Bar, ich bin irritiert, es ist laut, Milva singt «Uomini sempre addosso. Avanti marsch», Hassan ruft mir was zu, ich verstehe nichts, nicke, nach zwei Minuten habe ich ein Bier in der Hand. Wir setzen uns an einen kleinen runden Tisch.

«Erzähl, was machst du hier in Rom?», fragt er ohne Unsicherheit.

«Nichts Besonderes, ich habe meine Mutter begleitet, sie muss zu einer Beerdigung, eine Freundin von ihr ist gestorben.»

«Und bist du das erste Mal hier?»

«Ja, ich meine nein. Warte, meinst du in Rom oder in dieser Bar?»

«In Rom.»

«Ich war als Kind mit meinen Eltern hier, aber ich kann mich nicht gut erinnern.»

«Und wie gefällt es dir?»

Warum stellt er mir so viele Fragen.

«Ist okay, ich habe nicht so viel gesehen bis jetzt, außer meine Mutter und dich und die Nutten an der Straße.»

Warum lüge ich?

Wir trinken unsere Biere. Muss ich ihm auch Fragen stellen? Funktioniert das hier so? Ein ewiges Frage-Antwort?

«Und was ...»

«Dein Akzent ist lustig. Ich kann ihn nicht richtig zuordnen. Sag noch mal was!»

«Hör auf damit.»

«Ah ja, irgendwie aus dem Süden, vielleicht neapolitanischer Einschlag oder sizilianischer, gemischt mit dem harten nordischen Klang. Wo kommen deine Eltern noch mal her?»

Ich hasse es, dass alle Italiener ständig meinen Akzent kommentieren. Als würde die Art, wie ich rede, etwas über mich verraten.

«Mein Vater aus Neapel, meine Mutter aus Palermo.» Ich muss mich anstrengen, höflich zu bleiben.

«Entschuldige, ich wollte dich nicht in Verlegenheit bringen.»

«Schon gut, ich höre es einfach nur sehr oft, schon seit meiner Kindheit.»

«Mach dir keine Sorgen, dein Italienisch ist sehr gut. Und dein Akzent ist interessant, sexy, irgendwie nie gehört.»

Flirtet er mit mir? Ich spüre das Blut durch meine Äderchen im Gesicht strömen. Ich muss das Thema wechseln.

«Du hast mir nicht gesagt, was du eigentlich studierst, oder?», sage ich.

«Politische Theorie an der Sapienza.»

«Und wo wohnst du?»

«In Valco San Paolo, kennst du das?»

«Schon mal gehört.»

«Liegt in der Nähe der Haltestelle Ostiense, also na ja, knapp drei Kilometer davon entfernt. Ich wohne dort mit zehn Leuten in einer Art WG zusammen.»

«Zehn?»

«Ja, wir haben ein ganzes Haus, viel Platz, einen Kicker, drei Bäder. Wenn du magst, zeige ich es dir mal. Im Keller machen wir manchmal Partys zum Pride als Alternative zur offiziellen Feier. Habt ihr auch so was?»

«Glaub ja, aber alle haben sich zerstritten oder irgendwie so. Wenn du einen auf alternativ machst, warum hast du mich dann an den schwulsten Ort der Stadt gebracht? Hier sind nur Zahnärzte.»

Hassan lacht.

«Ich wusste nicht, was du magst, und wollte klassisch anfangen.»

«Klassisch? Weil du nicht wusstest, wo ich stehen würde? Hattest du Angst, dass ich dich mit dem ganzen Love-is-love-Gerede vollballere?»

Er überlegt, etwas zu lang für meinen Geschmack.

«Klar. Ganz ehrlich?»

Ich nicke.

«Ich dachte, es sei noch viel schlimmer: eher so eine luxuriös-gelangweilte Ist-mir-egal-Haltung. Weißt du, was ich meine? Sehr Berlin irgendwie.»

«Ich weiß nicht, ob ich jetzt beleidigt sein soll oder nicht.»

Hat er mich in weniger als dreißig Minuten durchschaut? Ich wechsele das Thema. «Und du kommst richtig aus Rom?»

«Hmm, willst du wissen, warum ich einen arabischen Namen habe?»

«Nein, ich will wissen, ob du hier in Rom groß geworden bist oder woanders in Italien.»

«Ich bin in Rom geboren und habe diese Stadt nie verlassen. Ich hasse und liebe sie. Den scheiß Lärm, den scheiß Dreck, die scheiß Leute, das Gerümpel, den Duft der Abgase und der Blumen im Sommer. Es macht alles keinen Sinn, und nichts geht voran, und trotzdem kann ich mir kein Leben in einer anderen Stadt vorstellen. Rom ist Zuhause für mich, weißt du?»

Ich nicke, nippe an dem Bier.

«Die Neofaschisten versuchen gerade, die Stadt zu erobern», fährt er fort, «und es scheint ihnen auch zu gelingen. Wir dürfen ihnen Rom aber nicht überlassen, wir müssen kämpfen, es uns zurückerobern, ein Zeichen setzen: Es gehört uns.»

Ich könnte ihm stundenlang zuhören. Er spricht schnell, klar, verschluckt keine Wörter, er mischt Unigerede mit Gossensprech, die feinen, dunklen Härchen auf seinem Handrücken bewegen sich sanft mit jeder Bewegung seiner Maurerhände.

«Wie ist das in Deutschland? Denken sie dort auch, dass die Neofaschisten zurückkommen?»

«Ja, nicht wirklich. Faschisten, Nazis, Rechtsextreme,

alles verbrauchte Begriffe. *Vor allem* in Deutschland.» Ich weiß nicht genau, wie meine Wörter auf Italienisch rüberkommen. Nicht dumm, hoffe ich.

Hassan steht auf. «Ich liebe dieses Lied», er trinkt aus seinem Glas, stellt es ab, «komm, lass uns tanzen.»

«Wo denn? Gibt es hier eine Tanzfläche?»

«Die ganze Bar ist unsere Tanzfläche. Los, komm.»

Ich trinke einen großen Schluck, stehe auf, stehe Hassan gegenüber, fühle mich von den anderen beobachtet, so wie damals, als ich sechzehn war und das erste Mal in Köln eine Gaybar betreten habe. Ich bin Frischfleisch für die römischen Schwuchteln, sie riechen es, sie fletschen schon die Zähne. Steif bewege ich mich, meine Füße bleiben auf der gleichen Stelle, die Hände neben meinem Körper, ich wippe ein bisschen mit dem Oberkörper, fühle mich sofort albern, will aufhören. Ich spüre eine Hand an meinen Hüften.

«Nicht so, komm näher», er zieht mich an sich, mit nur einer Handbewegung, unsere Körper stoßen aneinander, für einen kurzen Augenblick rieche ich wieder sein Parfüm und den Bieratem.

«Rocco, bleib hier, lauf nicht weg.»

Er hält mich mit einer Hand an den Hüften härter fest, die andere umschlingt meinen Hals. Er beginnt, seine Hüften um mein Bein kreisen zu lassen, ich lasse es geschehen. Tropfen bilden sich auf meiner Stirn. Wann ist dieses Lied zu Ende?

«Los, beweg dich. Lass mich nicht allein die ganze Arbeit machen.»

Ich löse mich aus seiner Umklammerung und trinke noch einen Schluck Bier, mit der Rechten wische ich mir den Schaum vom Mund, nehme Hassans Hüfte, ziehe ihn an mich, klammere die andere Hand um seinen Hals und bewege mich endlich so, wie er es fordert. Sein Gesicht strahlt. Er hat es drauf ankommen lassen.

«Siehst du, es geht ja. Am Ende bist du doch Südländer.»

Ich tanze, löse mich, werfe die Hände über den Kopf, den Kopf in den Nacken, den Nacken zum Boden. Ich bin frei. Ich ziehe Hassan wieder an mich, lasse seine Lenden um meine kreisen. Gehe ich zu weit? Er sagt nichts, lässt alles mit sich machen, ich umklammere ihn wieder, aber dieses Mal ziehe ich seinen Nacken an mein Gesicht und küsse ihn. Bier, Zigaretten, Orangen mischen sich in unserem Mund, seine Zunge feucht und rau, ich umkreise sie. Er zieht mich noch näher an sich ran, unsere Hosen werden eins, er steckt mir die Zunge tiefer in den Rachen.

Wir stehen mitten im Raum. Er küsst mich.

«Willst du noch ein Bier?», fragt er mich, als das Lied vorbei ist.

Ich schaue mich um, will nicht, dass irgendwer meine Unsicherheit sieht. Ich setze mich an unseren Tisch, trinke in einem Zug aus – und warte. Hassan kommt mit zwei Bier zurück, als ob nichts sei.

«Danke», sage ich.

«Alles okay?», fragt er mich.

«Klar, wieso?»

«Nur so. Was machen deine Eltern eigentlich in Deutschland? Sind sie dorthin emigriert?»

Warum will er jetzt über meine Eltern sprechen? Wie kommt er darauf? Ich will keine seiner Fragen mehr beantworten. Ich will ihn noch mal küssen.

«Mein Vater ist tot», sage ich.

Laune versaut, keine Erektion mehr, wir werden jetzt über meinen toten Vater reden. Der Klassiker, um jedes Gespräch sofort zu zerstören.

Hassan sagt für ein paar Sekunden nichts.

«Das tut mir leid. Krebs?»

Ich nicke.

«Ich muss eine rauchen gehen.» Ich stehe auf.

«Warte, ich komm mit. Gibst du mir eine?»

Vor der Bar zünde ich mir eine Zigarette an, gebe Hassan mein Feuerzeug, und wir laufen aufs Kolosseum zu, bleiben an einer unbeleuchteten Ecke stehen. Vor keinem Gebäude warten Schatten auf uns, die Touristen sind zurück in ihren Hotels, die Straßenverkäufer haben die Innenstadt Richtung Peripherie verlassen.

«Mein Vater hat für den PCI in Deutschland gearbeitet, zumindest bis 1992, danach hat er in den Nachfolgeparteien weiter Politik gemacht.»

«Deine Eltern sind Kommunisten?»

«Ja, oder besser: waren es mal», sage ich.

«Wie cool ist das.»

«Supercool.»

Ich drehe den Kopf zu ihm, da trifft mich etwas Hartes und Kaltes. Ich stürze zu Boden. Versuche aufzustehen. Es geht nicht. Ich höre Hassan schreien: «Ihr Arschlöcher. Ihr verfickten Wichser. Hört auf damit!»

Dann nur noch lautes Stöhnen.

Ich will aufstehen, spüre ein Gewicht auf meinem Rücken, hebe langsam den Kopf, versuche hochzuschauen.

«Scheiße», schreie ich.

Hassan liegt mir gegenüber auf dem Boden, unsere Blicke treffen sich, er versucht, mich mit seinem zu beruhigen.

«Ihr ekelhaften Schwuchteln! Wolltet ihr euch in den Arsch ficken lassen?», schreit einer mit starkem römischem Akzent, andere lachen.

Wie viele sind es? Ich nehme nur Stimmen wahr, wie übereinandergeschichtet. Mit ganzer Kraft will ich aufstehen, werde von einer unsichtbaren Hand runtergedrückt, schmecke Blei in meinem Mund, rieche den Dreck der Straße. Blassrosafarbenes Kaugummipapier. Mit rotem Lippenstift beschmierte Zigarettenfilter. Eine orange Spielzeugente aus Holz. Schwarze Party-Flyer, zerrissen. Zertretene Bons, durchtränkt vom Grau des Pfützenwassers. Nichts.

Wieder schaue ich zu Hassan, sehe Beine vor ihm stehen, kann seinen Blick nicht mehr finden, nur Umrisse,

Schatten. Mein Körper gehorcht mir nicht mehr, ich versuche, gegen den Schmerz anzukommen und mich hochzustemmen, kann mich keinen Millimeter fortbewegen. Ich fühle Atem auf meinem Nacken, feucht und kalt wie die Zunge eines Hundes. Wie viele Kilogramm lasten auf mir? Wie viel Gewicht braucht es, um mich unten zu halten?

«Und was haben wir hier? Eine Scheißschwuchtel aus Arabien. Was sollen wir nur mit euch beiden anstellen?»

Eine unbestimmbare Gruppe, grölend, brüllend. Der Atem auf mir spuckt mich beim Lachen an, mich überkommt Ekel. Ich muss mich übergeben.

«Wir müssen für Ordnung sorgen und dich und die anderen Ratten zurück in euer Land schicken. Die Häfen sind geschlossen. Italien gehört den Italienern. Nicht euch!»

Ich schreie aus vollem Hals, aber ich höre mich nicht, stattdessen tropft eine Flüssigkeit auf meinem Kopf, es riecht nach Hopfen, bitte lass es nur Bier sein, ich will mit der Hand meine Augen schützen, der Atem löst sich von mir – dann ein dumpfer Schlag. Auf den Hinterkopf. Mir wird schwindelig. Glockenläuten in meinem Ohr. Blut läuft aus meinem Mund. Ich muss lächeln. War es das? Ich werde ohnmächtig.

«Keine Polizei, bitte», höre ich, als ich versuche, die Augen zu öffnen. Ich erkenne nichts. Ein Stechen im Körper.

«Bleib noch liegen», sagt eine Stimme. Sie klingt zart und beschützend.

«Bitte, keine Polizei, es würde eh nichts bringen.»

Hassan?

«Wo ... bin ... ich ...?», frage ich die Stimme.

«Du bist am Kolosseum, Schätzchen. Du und dein Freund, ihr wurdet angegriffen.»

Ich sehe nichts.

«Verfickte Faschisten mit ihrem beschissenen Schildkrötensymbol auf den T-Shirts.»

Sie hält einen Beutel mit Eis gegen mein Gesicht.

«Schildkröten? Ist Hassan okay?»

«Ja, Schildkröten. Meinst du deinen Freund? Ja, ist er. Tatiana kümmert sich um ihn.»

«Tatiana?»

«Ach, Schätzchen, ganz ruhig. Bleib noch etwas liegen, komm erst mal zu dir, dann reden wir in Ruhe. Ich bin Diana.»

Ihre Stimme ist schön, sie soll mich in den Schlaf singen, das will ich, schlafen. Kleine Blitze durchströmen meinen Körper, senden überallhin Schmerzpfeile aus: Kopf, Rücken, Gesicht, Gesäß. Ich habe mich noch nie so beschissen gefühlt.

«Rocco. Verdammt. Bist du okay? Lass mal schauen. Vorsichtig.»

Hassan.

Er rollt mich zur Seite, ich öffne die Augen, es schmerzt. Er schaut in mein Gesicht, mit schnellen Blicken scannt er meinen Körper, fasst meine Rippen an, bewegt seine Hände durch mein Gesicht, über meine Beine. Seine Berührungen bewirken nichts in mir.

«Nichts gebrochen, glaube ich.»

Als er fertig ist, sehe ich ihn völlig durchnässt vor mir stehen.

«Hassan.»

«Alles gut, alles halb so wild», er lächelt mich an und gibt mir einen Kuss auf den Mund. Salz auf meinen Lippen. Ich schließe kurz die Augen und lausche.

«Könntet ihr uns ein Taxi rufen?»

Er blickt zu der Frau hoch, die eben als Tatiana angeredet wurde. Sie trägt durchsichtige High Heels, Absatzhöhe elf Zentimeter.

«Na, klar, Schätzchen. Aber ich glaube nicht, dass sie euch so mitnehmen werden. Warte mal ... Diana, du bist doch mit dem Auto da. Lass uns diese zwei Engel nach Hause bringen, ja? Hier ist es sowieso ruhig heute.»

«Wenn du meinst.»

Dann wieder Hassans Stimme. «Tausend Dank. Aber warum helft ihr uns?»

«*Ich habe mich immer auf die Freundlichkeit von Fremden verlassen*», sagt Diana.

Wir sind im Auto, ich liege auf der Rückbank, mein Kopf auf Hassans Schoß, er streicht mir durch die Haare.

«Ich weiß nicht, wie ich euch danken kann, ihr habt uns vielleicht das Leben gerettet», sagt er zu den Frauen.

«Da ist aber jemand dramatisch. Du brauchst uns nicht zu danken. Hätten wir sie nicht verscheucht, wäre jemand anderes gekommen und hätte es getan. Ihr seid zuckersüß. Wie lange seid ihr schon zusammen?»

«Wir haben uns heute zum ersten Mal getroffen», antwortet Hassan, und die beiden auf ihren Vordersitzen klatschen lachend in die Hände.

Ich atme einen Duftbaum ein, Geschmacksrichtung: Neues Auto.

«Wo sind wir denn hier gelandet, hast du das gehört?», sagt Diana zu ihrer Freundin. «Das klingt wie in einem Film von Almodóvar.»

«Das ist Schicksal», sagt Tatiana. «Ihr habt eine großartige Zukunft vor euch, wenn euch direkt beim ersten Date so etwas passiert.»

Stille.

Das Auto hält an, Hassan platziert meinen Kopf sanft auf dem Sitz, öffnet die Tür.

«Rocco, Rocco, wach auf, wir müssen weiter. Warte, ich helfe dir.»

Wieder Blitze, wieder kurz vor der Ohnmacht. Mit Hassans Hilfe habe ich meinen Oberkörper aufrichten können, er legt seinen Arm unter meine Achseln und zieht mich vorsichtig aus dem Auto. Ich stütze mich ab, verlagere mein Gewicht auf seine schmalen Schultern, bin ich zu schwer für ihn?

«Danke. Habt noch einen schönen Abend. Man sieht

sich immer zweimal», sagt er zu den Frauen und knallt die Autotür zu.

«Viel Glück, Schätzchen», ruft eine uns hinterher.

«Möge die Liebe mit euch sein, ihr Engel», die andere.

39

Ich wache in einem fremden Bett auf, die Rollos sind runtergelassen, ein winziger Lichtstrahl fällt durch den Türspalt, es ist Nacht. Ich erkenne Umrisse, neben mir ein Körper, den ich nicht zuordnen kann, das ist nicht das Parfüm meiner Mutter.

Ich fasse mir ins Gesicht und könnte schreien. Überall Schmerzen.

Wie viel Uhr ist es?

Ich greife nach meiner Hose, ertaste nackte Beine.

Wo ist meine Jeans? Wo ist mein Telefon?

Ich versuche, mich aufzurichten, sofort zieht mich der Schmerz runter, verdammt, ich bin an dieses Bett gefesselt.

Langsam kommen Erinnerungsfetzen.

Schlägerei. Rom. Hassan.

Liegt er neben mir?

Ich muss meine Mutter anrufen, ihr schreiben, es wird spät sein. Gott, sie wird mich umbringen. Ich versuche noch mal, mich aufzurichten, atme gegen den Schmerz an, mache dicke Backen, halte die Luft an, setze mich senkrecht im Bett auf, mir ist schwindelig.

Neben mir, ja, Hassan liegt dort, seine Haut glänzt, die dunklen Haare auf dem Oberkörper, seine Wimpern wie das schönste längliche Insekt, ich will meine

Hand auf seine Brust legen, seine Wärme fühlen, schaffe es nicht.

Rascheln im Bett.

«Was machst du, Rocco?» Hassan spricht, er hält die Augen geschlossen, glaube ich zumindest.

«Nichts.»

Er richtet sich auf, er hat kein Gramm Fett an seinem Körper, wie ist das möglich, ich fühle mich wie Free Willy neben ihm.

«Hast du Schmerzen?», fragt er. «Soll ich dir noch eine Tablette holen?»

«Geht schon, danke.»

Die Schmerzen bringen mich um.

«Hassan, weißt du, wo mein Telefon ist? Ich muss meiner Mutter schreiben.»

Er verlässt das Bett, ich will weggucken, würde seinen Anblick nicht aushalten, wie er in knapper Unterhose nach meinem Telefon sucht, ich will es nicht sehen.

«Hier, Rocco.»

Ich nehme das Telefon, versuche, es vor mein Gesicht zu halten, um es zu entsperren, scheitere, stöhne.

«Warte, ich helf dir. Soll ich schreiben?»

Ich nicke und diktiere:

Ich übernachte bei meinem Freund, der Nachtbus kam nicht, Rom halt, mir geht es gut, mach dir keine Sorgen. Schlaf schön. Ich melde mich morgen. Kuss.

«Fertig», sagt Hassan. «Willst du ihr nichts von dem Angriff erzählen?»

«Sie würde völlig ausflippen. Ich erkläre ihr morgen alles, dann sieht sie auch, dass ich okay bin.»

«Okay. Sicher, dass du nichts gegen die Schmerzen willst? Ich sehe doch, dass dir alles weh tut, Rocco.»

Er gibt mir einen Kuss, steht auf, dieses Mal muss ich hinschauen. Ich sehe, wie er seinen runden Hintern aus der Tür bewegt, die Unterhose leicht verrutscht, komm bitte zurück.

Als er mit einem Glas Wasser und einer Tablette zurückkommt, sage ich «danke», öffne den Mund wie bei der heiligen Kommunion, seine Finger berühren meine Zunge, sie riechen nach Zitrone, ich schlucke die Tablette, er gibt mir noch einen Kuss, sein Dreitagebart kitzelt mich, ich will, dass er sich ganz auf mich legt, mein Körper würde es wahrscheinlich nicht aushalten, ich will es trotzdem.

«Wie viel Uhr ist es?»

«Halb fünf.»

«Fuck, meine Mutter wird mich umbringen. Ich hätte früher schreiben sollen. Ich bin so ein Idiot. Fuck, fuck, fuck.»

«Mach langsam, Rocco. Nachher erklärst du ihr alles, das wird schon gutgehen. Mach dir keine Sorgen.»

«Du kennst meine Mutter nicht. Es wird nichts gutgehen, wir hatten uns, bevor ich rausgegangen bin, gestritten. Sie wird zufrieden sein, dass sie recht mit ihrer Warnung hatte.»

«Ist das ein Wettbewerb zwischen euch? Ihr seid doch eine Familie. Sie wird glücklich sein, dass dir nichts passiert ist.»

«Wir kommen aus dem Süden, Hassan, unser ganzes Leben ist ein Wettbewerb, das war immer so und wird sich nicht ändern.»

Hassan hebt eine Augenbraue. «Ist klar, aus dem Süden», murmelt er.

Ich bin müde, versuche, mich aus meiner Position rauszubewegen, robbe langsam nach unten, bis ich ausgestreckt auf dem Rücken liege. Meine Augen fallen zu, aber ich schlafe nicht ein.

40

Ich stehe im Türrahmen und blicke zu meiner Mutter. Sie thront auf ihrem Bett zwischen Kreuzworträtseln, Handy, Montalbano-Krimi mit Monet-Lesezeichen. Das Zimmer noch verdunkelt von den Jalousien, der Fernseher auf voller Lautstärke, das Blau des Geräts beleuchtet ihr Gesicht, die Nachrichten laufen:

Seit zwanzig Tagen stecken die Geflüchteten auf ihren Booten im Mittelmeer fest und werden nicht an Land gelassen.

Meine Mutter stöhnt auf, die Fratze des Innenministers erscheint auf dem Bildschirm, sein Bild legt sich über ihres. Sie kämpft dagegen, ihre Wimpern zucken, wehren ihn ab, sie reibt sich mit der Hand das Gesicht. Bis sie endlich zur Fernbedingung greift und den Fernseher ausschaltet.

Sie knipst die Nachttischlampe an. «Oh Gott, Rocco. Was ist mit deinem Gesicht?»

Sie steht auf, ihre Züge werden weich, sie fasst sanft meinen Wangenknochen an.

«Mach dir keine Sorgen, es ist nichts», sage ich, nehme ihre Hand, küsse ihre Fingerknöchel, jeden einzeln.

«Rocco, du bist gestern Abend nicht zurückgekommen, und jetzt stehst du hier mit Hämatomen im Gesicht. Sag mir sofort, was passiert ist!»

Sie hat mir noch nicht gesagt, dass sie recht hatte. Ich traue dem Ganzen nicht, es wird gleich kommen.

Ich setze mich auf die Bettkante, die Arme auf die Matratze gestützt, sie sinken immer tiefer in den Schaumstoff.

«Ich warte», faucht sie.

Im Sekundentakt ändern sich ihre Launen. Sie wird nicht lockerlassen, bis ich ihr alles erzählt habe.

«Wir wurden angegriffen», sage ich.

«Wo?»

«Wir standen am Kolosseum.»

«Wir?»

«Mein Kumpel und ich, wir waren kurz rausgegangen, um eine zu rauchen.»

«Was habt ihr geraucht? Nicht etwa Haschisch, oder? Ich habe dir hundertmal gesagt, was mit dem Sohn von Maria passiert ist. Ich will nicht, dass du dieses Zeug rauchst und ganz dumm im Kopf wirst. Hast du mich verstanden?»

«Ma!»

«Entschuldige, mein Schatz. Erzähl weiter.»

«Wir standen da am Kolosseum, haben geredet, eine Zigarette geraucht, und dann kamen wie aus dem Nichts Neonazis und haben auf uns eingeschlagen.»

Sie reißt die Augen auf, hält sich die Hand vor den Mund.

Ist sie wütend auf mich?

«Und ihr habt nichts gemacht, um sie zu provozieren?»

Klar, sie denkt als Erstes, ich hätte irgendwas Unsittliches getan. Unnötig Aufmerksamkeit erregt. Ihre Devise ist, nicht auffallen, nicht reagieren, den Blick gesenkt halten und irgendwie durch den Tag kommen. Es war mal anders.

Ich erinnere mich, wie sie einmal in meine Schule zitiert wurde, weil sie mir ein Nutella-Brötchen mit auf einen Ausflug gegeben hatte.

«Wir haben hier strenge Regeln, was die Ernährung unserer Schüler angeht», sagte die Lehrerin, «das müssten Sie eigentlich wissen.»

«Ja, davon habe ich gehört, aber ich lasse mir von Ihnen sicher nicht sagen, was mein Sohn essen darf und was nicht.»

«Es geht nicht nur darum, was Ihr Sohn essen darf oder nicht. Wir haben auch eine Verantwortung gegenüber den Eltern, die vernünftig sind und ihren Kindern etwas Gesundes mitgeben, zum Beispiel Äpfel. Diese Kinder wollen dann auf einmal auch ein Nutella-Brötchen haben. Wo kommen wir denn da hin? Es kann nicht sein, dass einige Eltern meinen, immer aus der Reihe tanzen zu müssen und Sonderregeln zu bekommen, nur weil sie das gewöhnt sind ... da, wo sie herkommen.»

Meine Mutter lachte. «Und warum ist das mein Problem? Wenn andere Eltern ihren Kindern gute deutsche Äpfel mitgeben wollen, sollen sie das tun.

Mein Sohn wird sein Nutella-Brötchen bekommen. Und im Übrigen finde ich es ein bisschen seltsam, dass Sie nur die Eltern der ausländischen Kinder zu diesem Gespräch zitiert haben. Frau Arslan, weil sie ihrer Tochter Sucuk aufs Brötchen gelegt hat, Frau Papadopoulos, weil sie ihrem Sohn Bougatsa mitgegeben hat, soll ich weitermachen?»

Da fiel der Lehrerin nichts mehr ein. Und ich war stolz, dass meine Mutter sich nicht einschüchtern ließ, dass sie keinen Meter zurückwich, dass sie meiner Lehrerin die Stirn bot.

Als wir das Schulgebäude verließen, sagte sie zu mir: «Schatz, lass dir niemals von irgendwem sagen, was du zu tun oder zu lassen hast. In diesem Land werden sie alles versuchen, um dich kleinzuhalten, sie wollen dich brechen. Aber du darfst nicht nachgeben, noch nicht mal bei einem Nutella-Brötchen. Hörst du, Rocco? Nie!»

Im Hotelzimmer brummt die Klimaanlage, ich reibe meine Hände, um mir Wärme zu spenden.

«Kannst du damit aufhören?», sage ich. «Wir haben uns einfach nur unterhalten.»

Ich hätte so gerne meine Mutter von damals vor mir. Stelle mir vor, wie sie einen Baseballschläger in ihre Handtasche packt, zum Kolosseum fährt und nach den Tätern sucht.

«Und warum hatten sie euch dann im Visier?»

«Muss ich es wirklich aussprechen?», sage ich. «Du kannst es dir doch denken.»

«Habt ihr die Polizei gerufen?»

«Nein, haben wir nicht. Als ob die uns geholfen hätte: zwei Schwuchteln am Kolosseum in Rom.»

Meine Mutter erschrickt. Sie mag es nicht, wenn ich das italienische Wort für Schwuchtel benutze. Es gibt so viele Begriffe dafür, ich habe ricchione verwendet. Ich hätte auch finocchio (Fenchel), checca (effeminierter Mann) oder das sizilianische Wort garrusu (der passive Homosexuelle) verwenden können, aber ich mag ricchione. Es klingt nach innerem Reichtum, nach jemandem, der Werte hat.

«Sprich nicht so.»

«Ma, ich darf das sagen, wir haben das reclaimt.»

«Rocco, ich weiß nicht, was das bedeutet, aber ich will das nicht hören. Es ist diffamierend, und ich möchte nicht, dass du so über dich selbst redest. Hast du verstanden?»

Ich gebe auf, habe keine Lust, ihr zu erklären, warum es okay ist, warum ich es sagen darf. Sie würde es wahrscheinlich nicht verstehen.

Sie beugt sich zu mir. «Lass mal schauen.» Sie dreht meinen Kopf nach links, dann nach rechts. «Das sieht doch gar nicht so schlimm aus. Mit ein bisschen Concealer kriegen wir das schon weg.»

Ich lache. «Willst du mich schminken, damit die Leute auf der Beerdigung nicht denken, du hättest mich verprügelt?»

Sie lacht auch.

«Nein, ich weiß nur, wie eitel du bist ... Und wie geht es deinem Freund?»

«Hassan geht es gut, Ma. Er hat sich um mich gekümmert.»

«Hassan?»

Sie sagt nichts weiter, geht ins Bad, kommt mit dem Schminkstift wieder. Sie hält mein Kinn hoch, tupft die Farbe auf die lädierten Stellen in meinem Gesicht; Augenlid, unterm Auge, Nasenbein, Wangen. Mit einem halbrunden rosa Schwämmchen tupft sie anschließend drüber. Es geschieht alles routiniert, schnell bewegt sie die Hände, ich spüre sie noch nicht einmal.

«So, das sieht schon viel besser aus. Was meinst du?», sie hält mir einen kleinen Spiegel hin.

Die blauen Flecken sind noch sichtbar, aber sie sehen aus, als ob sie nicht frisch sind. Wie etwas, das vor längerer Zeit passiert ist und keine Konsequenz hatte.

«Danke, Ma», sage ich.

«Vielleicht müssen wir deinen Freund mal zum Essen einladen. Wer weiß, was passiert wäre, wenn du allein gewesen wärst. Ich mag gar nicht darüber nachdenken ... Diese Stadt hat sich so verändert. Neonazis, die Faschisten des dritten Millenniums oder wie sie sich nennen, und all das. Unglaublich. Was ist nur passiert?»

41

1993, KÖLN

Cruci war es leid, sie hasste dieses Land; sie hasste es, so viel alleine zu sein; und mittlerweile hasste sie auch Antonio, weil er sie dazu gebracht hatte, mit ihm hierherzukommen. Die politische Berichterstattung in Fernsehen und Zeitungen, die Härte der Sprache, das Essen, das Wetter: Sie ertrug es nicht mehr. In schlimmen Momenten konnte sie auch ihre Tochter nicht mehr leiden, und dann war sie wieder voller Liebe und Schuldgefühle für Rosa, weil sie in diesem Land aufwachsen musste, die Bilder von Solingen, Rostock-Lichtenhagen, Hoyerswerda, Mölln eingepflanzt bekam. Cruci fühlte sich, als hätte sie versagt. Als Mutter. Als Kommunistin. Als Freundin.

Alles hatte sich verändert in den letzten Jahren. Die Partei von einst gab es nicht mehr, sie hieß jetzt Partito Democratico della Sinistra. Cruci hatte sich von ihrem Land und ihren Eltern entfremdet, weil die räumliche Distanz eben auch eine seelische mit sich bringt, sie hatte ...

Sie rieb sich die Augen, sah vor sich, verschwommen und klein, den Mann, den sie geheiratet hatte. Die

Schultern hängend, das einst dichte, lockige Haar licht, sein runder Bauch zeigte den Überfluss, in dem sie lebten. Sie waren beide zu dem geworden, was sie niemals hatten werden wollen – piccoli borghesi. Sie ekelte sich vor sich selbst.

Was wusste sie überhaupt noch von politischen Kämpfen? Was von ihrem Land? Gar nichts. Sie wusste das, was alle wussten, sie las die italienischen Zeitungen, sah die furchtbaren Fernsehshows, aber im Grunde hatte sie keine Ahnung mehr.

Sie war gefangen in einem fremden Leben, Ehefrau und Mutter, während Lucia ihres wahrscheinlich in vollen Zügen genoss: ohne Kinder, wie sie von Jekaterina wusste, ohne feste Beziehung, ohne Verantwortung für andere Menschen. Sie hatte gehört, dass Lucia mittlerweile an der Universität in Rom unterrichtete. Gut für sie. Lucia hatte schon immer für sich selbst sorgen können.

Cruci beneidete und verachtete sie. Lucia führte eine Version des Lebens, wie sie es auch hätte führen können. Und wer trug die Schuld daran, dass sie es nicht tat? Sie selbst. Cruci wollte schreien, aber sie brachte keinen Ton raus.

Es hatte keinen Sinn, Antonio die Schuld dafür zu geben, dass sie ihre Chancen nicht ergriffen hatte. Trotzdem staute sich diese Wut in ihr auf, wartete nur darauf zu explodieren.

Schluss damit. Sie konnte nicht mehr, sie wollte nicht mehr. Schluss.

«Ich ertrage dich nicht mehr», sagte sie zu Antonio.

Er schwieg.

«Hörst du? Ich ertrage dich nicht mehr. Dieses Land, dich, die Wohnung, ich ertrage nichts davon mehr. Ich will hier weg, ich will zurück nach Hause. Verstehst du?»

Er schwieg.

«Sag endlich was!»

Er blieb still.

Er stand einfach so vor ihr, reglos, mit gesenktem Blick. Sie überlegte kurz, ob sie Gläser und Teller nach ihm werfen sollte, entschied sich aber dagegen. Sie wollte das gute Service ihrer Mutter nicht zerstören, hatte keine Lust, ein Klischee zu bedienen. Sie war nicht Emma in «La Dolce Vita», sie war auch nicht Loretta in «Mondsüchtig». Die hysterische italienische Hausfrau, wie sie die Deutschen so amüsierte, *so lebendig, so authentisch*. Auf diese Rolle hatte sie am allerwenigsten Lust.

Sie entschied sich, einen Kaffee aufzusetzen. Vielleicht war das auch ein Klischee, aber wenigstens ging dabei nichts entzwei.

«Was stehst du da so rum?» Ihre Stimme überschlug sich.

Er reagierte immer noch nicht, also ging sie zu ihm, schüttelte ihn, rief: «Sag was! Sag endlich was.» Glitt an seinem Körper herunter und begann zu weinen. «*Noch nicht mal einen Hund lässt man so leiden.*»

Gegen ihren Willen war sie doch zu einer Emma geworden. Schnell versuchte sie, die Tränen mit der Hand wegzuwischen, aber es waren zu viele, sie liefen immer weiter.

«Ich kann nicht mehr, ich kann nicht mehr, ich kann ...»

«Cru, was ist in dich gefahren?»

Seine Stimme, sie stoppte die Tränen.

«In mich gefahren? Was in mich gefahren ist?»

«Ja, Cruci. Was soll die Szene?»

Sie spürte, wie sich Kälte in ihr ausbreitete. Wie hatte sie diesen selbstgefälligen Mann heiraten können? Jahrelang hatte er vorgegeben, ihre Gefühle zu verstehen, anders zu sein als andere Männer. In Wirklichkeit verstand er überhaupt nichts von ihr.

«Ich sag dir, was in mich gefahren ist: Wo warst du heute den ganzen Tag? Und gestern, und vorgestern? Wo warst du all die Jahre? Du kommst und gehst, wann es dir passt, als ob das hier ein Hotel ist. Mich lässt du mit dem Kind alleine. Was mache ich eigentlich? Ich fülle Anträge aus, für dich, für andere Menschen, tagein, tagaus. Für andere mache ich viel, nur nichts für mich. Denkst du, das wäre erfüllend? Du fährst von A nach B, machst große Politik, säufst, rauchst und glaubst, du würdest den Lauf der Welt ändern. Aber hast du es noch nicht mitbekommen? Die Partei ist tot. Du läufst noch mit, wie ein räudiger Hund, dabei hast du längst vergessen, wofür du kämpfst. Wofür die Partei mal gekämpft hat. Ich habe es nicht vergessen.»

Keine Reaktion.

«Und denkst du eigentlich auch mal an deine Tochter? Interessiert es dich, in welchem Umfeld sie aufwächst? Sie wird von ihrer Mutter lernen, dass eine Frau für Haushalt und Kinder zuständig ist, und von ihrem Vater, dass er nie da zu sein hat.» Sie schnaubte verächtlich. «Aber glaub nicht, dass ich so blind bin, mir nicht selbst jeden Abend dafür Vorwürfe zu machen.»

Er trat einen Schritt auf sie zu, griff mit seiner kalten Hand ihren Oberarm. Sie spürte seine Kraft, seinen Zorn, seine Sorge. Sie wollte ihm eine Ohrfeige geben, vielleicht würde er dann wieder der Mann werden, in den sie sich damals verliebt hatte. Verletzlich, ehrlich, an ihren Bedürfnissen interessiert, nicht von ihrer Intelligenz eingeschüchtert. Vielleicht war auch sie damals anders, naiver, glücklicher, optimistischer. Vielleicht waren er und sie aber auch immer so gewesen?

Lucia hatte es alles kommen sehen, sie hatte sie gewarnt, aber Cruci wollte nicht auf sie hören. Jetzt wünschte sie sich ihr altes Leben zurück, sehnte sich nach Frattocchie, wollte noch mal von vorn anfangen. Ohne Antonio. Vielleicht auch ohne Lucia.

Sie wandte sich ab, drehte die Moka zu, schaltete den Herd ein und ließ sich auf den Küchenstuhl sinken.

«Ich kann einfach nicht mehr, Antonio. Ich bin es so leid. Schau dir mein Leben an. Hast du dir das für mich vorgestellt, als wir uns kennengelernt haben? Ich hätte auf meinen Vater hören sollen. Ich war so unerfahren.»

«Was sagst du da, Cru? Ich habe alles getan, um dich glücklich zu machen.»

Sie lachte ihm ins Gesicht.

«Alles?»

«Ja! Aber du willst immer mehr, mehr, mehr. Du gibst dich nie zufrieden.»

«Ach so, jetzt bin ich die gierige Frau. Verstehe ... Weißt du was, Antonio? Hör einfach auf. Alles, was du gemacht hast, hast du für dich getan, für deine Karriere, für dein Ego. Ich habe deine Reden vorbereitet, dir deine Anzüge rausgelegt, dir den Rücken freigehalten. Aber jetzt reicht es mir.»

Es kostete sie Kraft, diese Worte auszusprechen, denn sie liebte diesen Mann, diesen erbärmlichen Mann. Er war ihr Mann. Es war so, wie alle sagen: Wenn du jemanden wirklich liebst, dann hasst du ihn zugleich. Es sind keine Gegensätze, sondern zwei Pole. Wut auf der einen Seite, Liebe auf der anderen. Dazwischen der Alltag.

42

SILVESTER 1997, ROM

Das Feuerwerk leuchtete vor ihrem Fenster, rote Sterne, lila Raketen, grün-blaue Viren, gelbe Geschosse. Sie nahm einen Schluck Wodka-Soda, prostete sich zu. «Cin cin, frohes neues Jahr, Lucia!»

In ihrer Wohnung waren die Lichter eingeschaltet, das Fenster zur Straße weit geöffnet, sie hörte die Stimmen von draußen bis in ihre Küche hinein. Ausgelassene Kinder, kreischende Frauen, angetrunkene Männer. Sie versuchte, irgendetwas Schönes in dem Spektakel zu entdecken, eine versteckte Hoffnung aufzustöbern. Sie fand nichts.

Sie füllte ihr Glas erneut, holte Eis aus dem Gefrierfach, setzte sich auf den Küchenstuhl. Die Schüsse von draußen begannen, sie zu stören, aber sie war zu faul, das Fenster zu schließen. Sie schob die Zeitungen auf dem Tisch beiseite, «Il Corriere della Sera», «il manifesto», «L'Unità», «Libération». Sie schrieben alle das Gleiche.

Am Ende eines Jahres war es Zeit, Resümee zu ziehen, auch Lucia beugte sich diesem Druck. Das Glas war noch voll, sie war nicht müde, wollte noch nicht

Richtung Bett torkeln, sich fallen lassen, alles ausblenden.

1997. Die Partei war tot, seit sechs Jahren schon, auch wenn viele Genossinnen und Genossen das anders sahen. Die alten Werte waren verraten, man sprach schon von Post-Kommunismus. Was sollte das überhaupt sein, diese Post-Ideologie?

Die, die sich für die Auflösung der Partei entschieden hatten, ihre ehemaligen Kolleginnen und Kollegen, saßen jetzt im Parlament, kämpften für die Währung Euro, hatten keine Skrupel, Militäreinsätze zu rechtfertigen, und waren mehr als bereit gewesen, das Wort Kommunismus aus dem Namen der Partei zu streichen: Partito Democratico della Sinistra hieß es jetzt, was für ein scheiß Name. Als ob die Partei vorher nicht demokratisch gewesen wäre. Aber die absolute Frechheit war das «sinistra», links: Was sollte das bedeuten? Sie waren hässliche Sozialdemokraten geworden.

Lucia hatte kurz überlegt, sich der Rifondazione Comunista anzuschließen, der zweiten Gruppe, die aus der alten Partei hervorgegangen war, aber sie hatte Zweifel. Es schien der Sehnsuchtsort aller Genossinnen und Genossen zu sein, die immer noch der UdSSR nachtrauerten, die in einer Weise von Marx sprachen, als hätte sich die Welt nicht verändert. Von den Trotzkisten in der Gruppe ganz zu schweigen. Immerhin 100 000 Mitglieder hatten sich der Rifondazione angeschlossen, und bei der Wahl hatte sie acht Prozent bekommen – nicht schlecht für eine Splittergruppe. Dank der Stimmen von Rifondazione konnte die Linkskoalition L'Ulivo in der Regierung bleiben, aber schon allein der Name ließ Lucia die Galle hochkommen: Der Olivenbaum sei stark, widerstandsfähig und fest verwurzelt in der Erde, sagten ihre Gründer. Er sei der Baum des mediterranen Europas, liebe die Sonne und überstehe den Winter. Wer dachte sich so einen Schwachsinn aus?

Sie zog sich die Ohrstecker aus, legte sie auf den Tisch, massierte ihre Ohrläppchen. Sie musste an Cruci denken, die immer goldene Ohrringe trug, sie ließen ihr ovales Gesicht noch schöner wirken.

Ihre Gedanken flogen wild durcheinander, wie Wolken, die von den Feuerwerkskörpern in Fetzen gerissen wurden. Warum konnte sie die Vergangenheit nicht ruhen lassen?

1997. Gianni Versace war im Sommer vor seiner Villa in Miami erschossen worden, der Casa Casuarina, erbaut im mediterranen Revival-Stil. Er war besessen gewesen vom Kopf der Medusa, weil sie eine Synthese aus Schönheit und Einfachheit sei, die lähme und hypnotisiere, so hatte Lucia es in den Nachrufen gelesen. Aber Medusa, eine der drei Gorgonen, wurde von Poseidon vergewaltigt, und Athene, rasend vor Eifersucht, verwandelte sie in das Monster mit Schlangenhaar und einem Blick, der alles zu Stein werden ließ. War das nicht typisch? Lucia war sich mit Versace einig, die Medusa umgab eine hypnotische Schönheit. Aber für sie war sie eine der missverstanden Frauen in der griechischen Mythologie, ihrer Zeit weit voraus.

Ein Blick aus dem Fenster verriet ihr, dass die Menschen nun langsam in ihre Wohnungen zurückkehrten, sie würden unter sich weiterfeiern. Es war Zeit für Lucia, sich umzuziehen und ins Bett zu legen.

1997. Seit zehn Jahren hatte Lucia nichts mehr von Cruci gehört. Zehn Jahre ohne ein Zeichen von ihr. Das letzte Mal hatten sie sich in der Toilette des Bottegone gesehen. Wer hätte ahnen können, dass die Partei vier Jahre später ein ähnliches Schicksal ereilen würde wie sie beide?

Sie leerte ihr Glas und ging ins Bad, um Zähne zu putzen.

TEIL 3

43

Krähen staksen über die freie Fläche nahe dem Friedhof, ihre Flügel wie aus schwarzer Spitze. Ich blicke zum Himmel, er ist trist. Oktober.

Mein Auge macht sich bemerkbar, meine Mutter hat, bevor wir losgingen, noch einmal die blauvioletten Umrandungen kaschiert, aber während wir nun vor dem Friedhofstor warten, pocht es alarmierend.

«Schau nur, wo sie Lucia begraben werden», höre ich jemanden sagen, «so würdelos.»

Ich drehe mich um und sehe auf der gegenüberliegenden Seite, hinter der Hauptstraße, kleine Wohnwagen, deren rot bemalte Türen offen stehen. Davor Menschen: Kinder, die auf der Straße spielen; Frauen, vor ihren Häuschen rauchend; Männer in Unterhemden. Parkende Autos zwischen überfüllten Mülltonnen.

Ich schaue zu meiner Mutter, ihre Miene ist eingefroren, sie überlegt, ob sie etwas erwidern soll, eine ihrer bissigen Bemerkungen. Sie entscheidet sich, den Mund zu halten, sie hat andere Sorgen. Ihre Anspannung überträgt sich auf mich.

«Komm, lass uns reingehen», sagt sie.

Ich nicke, sie umklammert meinen Arm.

Als wir durch das Friedhofstor gehen, sehen wir vor uns Römische Pinien in den Himmel ragen, die Hecken sind sauber gestutzt, auf Hüfthöhe, der Oleander hat seine weißen und rosa Blüten verloren, sie liegen verdorrt auf der Erde. Links von mir tritt die Pyramide hervor, die letzte Ruhestätte von Gaius Cestius Epulo. Ich glaube, die Römer haben sie einfach nach der Eroberung Ägyptens geklaut. Also nicht das Bauwerk, sondern die Tradition.

Ich hasse Friedhöfe, aber dieser hier ist übertrieben schön: Cimitero Acattolico, der protestantische Friedhof. Es gibt unfassbar viel Grün, gerade verblühten Kap-Bleiwurz, Zypressen, die noch ihren Duft verströmen und sich in Feigenbäumen eingenistet haben. Ich stelle mir vor, wie hier im Sommer die Singzikaden ihre aggressiven Laute von sich geben.

Kein Grabstein ähnelt dem anderen: orthodoxe Kreuze, Engel aus weißem Stein, Mosaike auf Grabplatten. Alles hat seinen Platz, auch wenn die Gräber dicht aneinanderliegen, wirkt es nicht beengt. Römische Mauern umrahmen den nördlichen Teil, sie erzählen von Verfall. Streunende Katzen liegen auf den Gräbern und spenden einander Trost. Der Friedhof strahlt Ruhe aus, nur unsere Körper sind noch nicht bereit, sie aufzunehmen. Wir warten.

Ich schaue mich um, belausche die Gesprächsfetzen von etwa hundert gut gekleideten Menschen, die wegen Lucia gekommen sind: Müllberge Roms; Flüchtlingspolitik und das neue Sicherheitsgesetz; elektronische Musik aus Japan; die Bürgermeisterin der Stadt, die nichts im Griff hat; die Schwierigkeit, heutzutage eine gute Haushälterin zu finden; warum Rumänen die besseren Migranten sind; was für ein Heuchler Enrico Berlinguer war, weil heute noch immer niemand genau weiß, wofür das eigentlich stand: sein historischer Kompromiss, danach die demokratische Alternative; die Überlegung, aufs Land zu ziehen, weil Rom unerträglich geworden ist, so vulgär, kulturlos und banal; wie richtig es war, dass sich die Kommunistische Partei damals aufgelöst hat.

Ich lausche und hasse sie alle.

Meine Mutter lässt meinen Arm nicht los, sie blickt leer auf den Friedhof, aber das rate ich nur, denn ihre große Sonnenbrille verdeckt die Augen. Sie sieht schön aus, ich weiß, es ist furchtbar, so etwas zu sagen, weil Trauer niemandem steht, aber es ist die Wahrheit. Sie hat zwei Stunden gebraucht, um sich fertig zu machen, sie wollte perfekt aussehen.

«Mein Gott, Crocifissa, bist du es wirklich?», hören wir eine Frauenstimme sagen.

Meine Mutter zieht die Sonnenbrille hoch. So wie Catherine Deneuve in dem Werbespot für Lancia, den meine Schwester mich hundertmal zu sehen nötigte, weil sie besessen von der französischen Schauspielerin war und so aussehen wollte wie sie.

«Ja, ich bin es.»

Meine Mutter geht auf die Frau zu, küsst sie rechts und links auf die Wange. «Carla, wie geht es dir?»

«Ich kann nicht klagen, aber es ist so schrecklich, was mit Lucia passiert ist. Die Guten gehen alle.»

«Ja.»

«Entschuldige, ich hatte ganz vergessen, dass auch dein Antonio von uns gegangen ist. Ich sag es doch: Alle gehen sie zu früh.»

«Das stimmt, Carla.»

Meine Mutter kann sie nicht leiden, das verraten mir ihre knappen Antworten.

«Und wer ist dieser junge Mann, der Antonio wie aus dem Gesicht geschnitten ist?»

«Verzeih, das ist mein Sohn Rocco. Rocco, das ist Carla, ich bin mit ihr zusammen zur Schule in Frattocchie gegangen.»

Ich küsse Carla rechts und links auf die Wange, ihr Make-up wirkt rissig wie alte Tapete.

«Was für ein schöner Mann, die Frauen stehen bestimmt Schlange bei ihm.»

Sie zwinkert mir zu, ich verdrehe die Augen.

«Eher die Männer», sagt meine Mutter tonlos.

Carla entgleitet für einen Augenblick die versteinerte Kleinbürgermiene. Ich muss schmunzeln und liebe meine Mutter so sehr in diesem Moment.

«Die arme Lucia, musste ganz alleine sterben.» Offenbar hat Carla sich schnell wieder gefasst.

«Carla, wo ist eigentlich dein Mann?», fragt meine Mutter nun.

Ich höre nicht mehr zu, das Gespräch langweilt mich, ich weiß eh, wie es weitergehen wird, bis eine von ihnen eine Ausrede sucht, um zu verschwinden.

Ich überlege kurz nachzuschauen, ob Hassan mir geschrieben hat, lasse es aber sein. Es ist immer noch eine Beerdigung, auch wenn alle um mich herum ständig auf ihre Telefone schauen.

Ein paar Minuten später ist Carla verschwunden, ich höre meine Mutter nur «was für ein Biest» murmeln. Ich nehme ihren Arm, umklammere ihn, tätschele ihre Hand.

«Ma, ich bin hier, wir überstehen das zu zweit.»

Sie gibt mir einen Kuss auf die Wange.

«Danke, mein Schatz, lass uns Jekaterina suchen.»

Wir sind an den Gräbern von John Keats, Andrea Camilleri und irgendeinem Verwandten Goethes vorbeigegangen, und kurze Zeit später finden wir sie. Jekaterina steht alleine zwischen zwei Bäumen, die ihr Trost spenden, hält einen Ast in den Händen, den sie hin und her dreht, ein Schleier aus Spitze verhüllt ihr Gesicht. Meine Mutter geht auf sie zu, ich bleibe zurück. Jekaterina wirft den Ast zu Boden, dann liegen sie sich in den Armen, eine weint, die andere nicht.

Gleich neben ihnen das Grab Antonio Gramscis, ist das Zufall? Seinen Grabstein ziert ein Myrtenstrauch, die Pflanze der Sarden. Sie umarmen sich immer noch, aber jetzt schauen sie sich in die Augen, meine Mutter legt den Schleier von Jekaterina frei, wischt ihr die Tränen aus dem Gesicht, nimmt ihre Hand, zieht sie sanft in meine Richtung.

«Jekaterina, schau nur, mein Rocco hat mich begleitet.»

Jekaterina sieht mich an, ein trauriges Lächeln umspielt ihren Mund. Ich blicke zu Boden, sehe eine kleine Laufmasche, die sich oberhalb ihres Knöchels auf der schwarz-transparenten Strumpfhose gebildet hat.

Ihre Miene hellt sich auf. «Ich kann nicht glauben, wie groß du geworden bist. Und wie ähnlich du Antonio siehst.» Sie betrachtet mich neugierig, aber es ist mir nicht unangenehm.

Sie küsst mich rechts und links auf die Wange, umarmt mich leicht.

«Mein Beileid», sage ich.

Ich weiß, dass sie Lucia sehr nahestand. Meine Mutter hat es mir auf dem Weg zur Beerdigung erzählt.

«Danke», antwortet sie. «Du erinnerst dich bestimmt nicht mehr daran, aber als du so klein warst», sie zeigt auf die Höhe der Hecken, «waren Sergio und ich mal bei euch in Köln zu Besuch.»

«Meine Mutter hat es mir erzählt, aber ich habe tatsächlich keine Erinnerung mehr daran.»

Die Frau ist mir auf Anhieb sympathisch. Ihr würde ich gerne ein Geheimnis anvertrauen.

Sie lächelt. «Danke, dass ihr gekommen seid», sie wendet sich wieder an meine Mutter, «du weißt, es hätte Lucia alles bedeutet. Ich bin nur traurig, dass Sergio es nicht erleben kann. Er hätte dich so gerne noch einmal vor seinem Tod gesehen. Und deinen Sohn.»

Meiner Mutter treten Tränen in die Augen. «Ich weiß. Ich hatte versucht, noch mal zu kommen, aber es war damals so schwierig in Köln, und nach Antonios ...»

Jekaterina legt die Hand auf ihre. «Ich weiß.» Sie

räuspert sich. «Ich geh mal nachschauen, ob es gleich losgeht.»

Meine Mutter hat mir erzählt, dass Jekaterina die Beerdigung organisiert und danach einen kleinen Kreis von Trauernden zu sich nach Hause eingeladen hat. Ich verstehe nicht, warum Lucia auf einem protestantischen Friedhof begraben wird, der eigentlich nicht für Italienerinnen und Italiener vorgesehen ist. Aber es erscheint mir nicht richtig, jetzt danach zu fragen.

«Können wir dir noch irgendwie helfen? Brauchst du etwas?», fragt meine Mutter Jekaterina.

«Du bist ein Schatz, Cruci. Vielleicht kommt ihr nachher etwas früher zu mir, vor den anderen Gästen, und helft mir ein bisschen, ja?», sagt sie. Dann scheint sie plötzlich die Trauer zu überkommen, sie geht leicht gebückt an uns vorbei.

«Hatte deine Freundin Lucia gar keine Angehörigen? Oder warum kümmert sich Jekaterina um alles?», hake ich nach. Plötzlich will ich es genau wissen.

«Rocco, sei still.»

Beerdigungen laufen immer nach dem gleichen Schema ab. Wir, die Trauernden, stehen um das Grab, die Sonnenbrillen im Gesicht, eine klebrige Teermasse.

Die Ansprachen sind vorbei, Jekaterina steht am dichtesten an der Grube, in die eben der Sarg gelassen wurde, es bildet sich eine Schlange, in zwei, drei Reihen, ungeordnet. Niemand weiß, wer eigentlich dran ist, der Kondolenzzug hat kein System.

Man tritt einzeln ans Grab, hält kurz inne, um Erde reinzuschütten, spricht danach Jekaterina sein Beileid aus. Nun geht meine Mutter in ihre Richtung, winkt mich hinter sich her, wir werfen Erde auf den Sarg, umarmen beide noch mal Sergios Frau, sprechen unser Beileid aus, verschwinden aus der Schlange.

Die Routine läuft wie von selbst, ich erinnere mich noch, wie es bei der Beerdigung meines Vaters war. Damals haben einige Trauergäste in einer Ecke zusammengestanden und schlecht über meine Mutter gesprochen. Oder sie quatschten über Alltäglichkeiten, während der Sarg mit dem toten Körper meines Vaters im offenen Grab lag. Ich mag die Trauer der Menschen nicht, die aus Pflichtbewusstsein zu einer Beerdigung erscheinen, oder weil sie brave Christen sein wollen. Ich hätte ihnen allen ins Gesicht schlagen können.

«Lass uns gehen, Rocco», sagt meine Mutter.

«Bist du sicher? Warum?»

«Weil ich es sage. Bevor wir zu Jekaterina gehen, möchte ich noch ein paar Minuten für uns haben, okay?»

Ich schaue ein letztes Mal auf das Grab und spüre Trauer.

44

Es ist, als ob meine Mutter sich verfolgt fühlt, so schnell läuft sie Richtung Trastevere. Kein einziges Mal dreht sie sich um, ihr Atem ist ohne Rhythmus, die Handtasche hält sie fest umklammert.

Ich folge ihr, die kalte Luft schlägt mir ins Gesicht.

«Ma! Ma! Bleib stehen. Wo laufen wir eigentlich hin?»

Sie hört mich nicht, will mich nicht hören.

Wir laufen am alten Schlachthof vorbei, dort, wo jetzt Unihörsäle und ein Museum stehen. Ich bilde mir ein, den Gestank von fließendem Blut zu riechen. Wir hetzen über den Ponte Testaccio, ich sehe den Gazometer, wie er über der Stadt thront, schaue runter auf den Tiber, der nach Eiern und Leichen stinkt, sehe schaumbefleckte Plastiktüten im Fluss tanzen, und wie meine Mutter die Brücke schon überquert hat – sie hat kein einziges Mal angehalten.

Ich laufe an ihr vorbei, bleibe vor ihr stehen, halte sie an den Oberarmen fest.

«Was soll dieser Marathon, Ma?»

Sie nimmt die Sonnenbrille ab und wirkt wie ein Kind, das gerade ausgeschimpft wurde.

«Wir gehen jetzt einen Kaffee trinken, ja?», sage ich.

Sie nickt, ich löse meinen Griff, nehme sie in den Arm.

«Danke», flüstert sie.

In der Bar bestelle ich uns zwei Kaffee, zwei Glas Sprudelwasser, nehme mir noch ein Cornetto, gefüllt mit Crema.

«Ma, können wir uns raussetzen? Ich muss rauchen.» Ich weiß, sie mag es nicht, aber heute scheint ein besonderer Tag zu sein, und sie wird es verstehen.

Sie nickt, sagt nichts, keine spitze Bemerkung. Ich beginne, mir Sorgen zu machen, bringe unseren Kaffee raus, zünde mir eine Zigarette an, blase den Rauch schnell aus Mund und Nase.

«Was ist zwischen dir und Lucia vorgefallen?», frage ich.

Ich habe sie selten so verletzt gesehen. Meine Mutter beschützen zu müssen, ist mir nie in den Sinn gekommen. Aber jetzt, in Rom, in Trastevere, in dieser Bar, an diesem unwirklichen Tag, will ich nichts anderes, als ihr den Schmerz nehmen.

«Das ist eine lange Geschichte, Rocco.» Sie raunt, ich verstehe sie kaum, das Rauschen der Autos übertönt ihre Stimme. Weich fügt sie hinzu: «Und mittlerweile ist es auch eine dumme Geschichte.»

«Okay, und warum sind wir dann so schnell abgehauen, wenn es dir egal ist?»

Sie fixiert mich, ich weiß, sie überlegt, was sie mir erzählen soll und was besser nicht.

«Es ist kompliziert, mein Schatz. Ich habe Lucia

jahrelang nicht gesehen, nicht mit ihr gesprochen, und jetzt ist sie tot. Mehr ist es nicht. Du brauchst dir keine Sorgen zu machen.»

Sie verschweigt mir etwas. Sie hat eine Entscheidung getroffen, und die zieht sie jetzt durch.

Meine Mutter ist wieder in ihren Körper zurückgekehrt, die Verletzlichkeit hat ihr Gesicht verlassen, die Falten sind starre Linien. Ich drücke meinen Zigarettenstummel aus.

«Ich habe dich noch nie so gesehen. Wenn du darüber sprechen willst, ich bin hier, das weißt du, oder?»

Ich weiß nicht, warum ich mit ihr rede, als wären wir Freundinnen in einer Telenovela.

«Natürlich», sagt sie.

Mittlerweile bin ich mir nicht sicher, warum ich sie zum Reden bringen will: damit es ihr bessergeht, oder um meine Neugierde zu befriedigen.

«Willst du noch was?» Ich deute auf die leere Espressotasse.

Sie schüttelt den Kopf. «Wir müssen gleich wieder zurück. Ich habe Jekaterina versprochen, ihr zu helfen, bevor die anderen Gäste kommen.»

«Bist du sicher, dass du dazu in der Lage bist, Ma?»

«Sei nicht albern, natürlich bin ich sicher.»

Sie ist wieder zurück, wir haben unseren Moment verpasst. Und ich verstehe immer noch nicht, was hier eigentlich abläuft.

45

Als wir in Jekaterinas Straße ankommen, zucke ich zusammen: «Via Benedetto Musolino». Bei Haus Nummer 37 bleiben wir stehen, ich schaue hoch. Über dem lavaroten Eingang bepflanzte Balkone, heruntergelassene Rollos, weiß-grün gestreift.

Meine Mutter drückt den Klingelknopf. Ich höre den Buzzer.

«Rocco, komm, lass uns reingehen.» Sie schiebt mich in den Flur.

Die Wohnung von Sergio und Jekaterina erinnert an ein Museum. Im Eingangsbereich liegen schwere Perserteppiche, die Wände sind vollgehängt mit Fotos und Kunstdrucken. Bilder von Menschenmassen auf einer Straße, Frauen mit Plakaten («Von nun an entscheide ich»), Fotos vom Bottegone, das obligatorische Gramsci-Bild, der berühmte Guttuso-Abdruck aus der Unità, der in keinem vernünftigen italienischen Haushalt fehlen darf. Ein Schwarzweißporträt von Enrico Berlinguer, ein Gemälde von Frida Kahlo.

Ich spüre Jekaterina vor mir, bevor ich sie sehe. Ich küsse sie rechts und links, sie berührt kurz meine linke Wange.

«Kommt rein», sagt sie, «ich mach uns erst mal einen Kaffee.»

Während meine Mutter Jekaterina in die Küche folgt, gehe ich ins Wohnzimmer. Alte cognacfarbene Ledercouch mit Häkeldeckchen, moderner rechteckiger Plastikcouchtisch, weißer Teppich, hinten links in der Ecke ein Fußhocker und ein Sessel aus schwarzem Leder, beides durch Schichtholzschalen verbunden. Massiv sieht der Sessel aus, das Unterteil bildet mit den Rollen einen fünfzackigen Stern. Die gesamte Wand hinter der Couch besteht aus Bücherregalen, ich laufe daran vorbei, streiche über die Buchrücken, nehme einzelne Bände heraus, ohne auf die Titel zu achten, stelle sie wieder zurück. An der anderen Wand weitere Gemälde und Fotos, ich gehe rüber, steure mechanisch auf eins zu. Lucia, Rom, 1989.

Ich erschrecke. Meine Mutter ist, ohne dass ich es bemerkt habe, ins Wohnzimmer gekommen, hinter ihr Jekaterina.

«Dieses Foto von Lucia ...»

Meine Mutter schweigt, Jekaterina tritt neben mich, setzt ihre Lesebrille auf, die ihr mit einer Kette um den Hals hängt, und nimmt das Bild in Augenschein. Sie dreht sich kurz zu meiner Mutter um, zieht aus dem Ärmel ihres Pullovers ein Stofftaschentuch, faltet es zu einem kleinen Quadrat, gibt es meiner Mutter.

«Entschuldigt bitte.»

Jekaterina nimmt sie in den Arm, flüstert ihr etwas zu, das ich nicht verstehe.

«Ich gehe kurz ins Bad», sagt meine Mutter.

In der Küche reicht mir Jekaterina eine Tasse Espresso.

«Brauchst du Zucker?»

«Nein, danke.»

«Gut. Du weißt, ich liebe deine Mutter, aber Gott, sie ist so stur.» Sie lächelt, wird plötzlich ernst. «Unsere Männer sind von uns gegangen, die Partei existiert nicht mehr, warum sollen wir nach hinten schauen statt nach vorne? Das ist nicht gesund, mein Junge.»

«Jekaterina, darf ich rauchen?»

«Natürlich. Lass uns auf den Balkon gehen. Magst du mir eine ausgeben?»

Vorhin auf dem Friedhof sah diese Frau so zerbrechlich aus. Jetzt, wo sie vor mir steht, scheint wieder Leben in sie gekommen zu sein. Sie öffnet die Balkontür, ich reiche ihr eine Zigarette.

«Sie sind nicht stark, oder?»

«Nein, nein.»

Ich halte ihr die Flamme entgegen.

«Darf ich dich was fragen, Jekaterina?»

«Natürlich, alles.»

«Was ist zwischen meiner Mutter und Lucia vorgefallen?»

Sie nimmt einen tiefen Zug, bläst den Rauch an mir vorbei nach oben. «Weißt du, ich habe es niemandem gesagt, aber es war immer Sergios Wunsch, dass sie sich eines Tages aussprechen, und ich musste schwören, ihm diesen Wunsch zu erfüllen. Es ist mir leider nicht gelungen. Mein Mann hat so große Stücke auf Lucia und deine Mutter gehalten, sie waren für ihn wie

Kinder, und auch für mich. Wie viele Jahre sind vergangen, seit sie in Frattocchie waren? Dreißig? Vierzig? Es war eine andere Zeit, wir haben alle Fehler gemacht, uns den falschen Dingen zugewendet, aber nun haben wir nichts mehr, woran wir uns halten können, außer uns selbst, verstehst du? All unsere Energie floss in die Partei, deren Ideale verblasst sind, kaum noch spürbar. Damit müssen wir leben. Aber dass sich deine Mutter und Lucia nicht versöhnt haben, das ist eine Wunde, die nicht heilt.»

Ich nicke, bin mir aber nicht sicher, ob ich irgendwas verstehe.

«Weißt du, Rocco, damals, als wir jung waren, war Loyalität alles. Das war anders als heute, wo die Selbstverwirklichung des Einzelnen an erster Stelle steht. Wir kämpften für ein kollektives Interesse, nicht für ein individuelles. Vor diesem Hintergrund musst du den Streit zwischen Lucia und deiner Mutter verstehen. Als ich die beiden kennenlernte, waren sie unzertrennlich, sie hatten eine außergewöhnliche Freundschaft, wie es sie heute wahrscheinlich nicht mehr geben würde. Sie wären füreinander gestorben, so klischeehaft es klingt, aber es stimmt. Es war eine Freundschaft unter Frauen, die wie von alleine funktionierte, ohne Neid, Missgunst, Verrat – bis zu dem Jahr, als Lucia versuchte, deinen Vater von seinem Posten zu schassen.»

Ich sage nichts.

«Sagen wir es so, es war nicht Lucias stolzester Moment. Aber damals als Frau in einer hohen Position war es nicht so einfach. Lucia hat an eine Revolte geglaubt und ging dafür über Leichen. Ihr Irrtum war, dass sie fest davon ausging, Cruci würde es genauso sehen wie sie. Aber Cruci hatte sich für ein anderes Leben entschieden. Sergio und ich haben Lucia gewarnt und konnten sie doch nicht von ihrem Plan abbringen. Danach war deine Mutter nicht mehr dieselbe. Sie hat mit allem gebrochen, mit der Partei, mit Lucia, hat ihre politischen Ziele aus dem Blick verloren, und sie hat sich auch von uns distanziert. Ach, was erzähle ich hier. Ich bin eine alte Frau, Rocco. Hör nicht auf mich. Deine Mutter wird mich umbringen, wenn sie mich so reden hört.»

Jekaterina schüttelt sich, drückt die Zigarette aus, geht wieder in die Küche. Ich folge ihr.

«Willst du noch einen Kaffee?»

Ich nicke. Diese Frau, die ich erst heute kennengelernt habe, spricht so vertraut mit mir, so zart, ich könnte Stunden mit ihr verbringen. Ich muss ihr Wissen aufsaugen, will tausend Fragen stellen, aber es ist wenig Zeit, die Gäste kommen gleich. Ich weiß nicht, wo ich beginnen soll.

«Jekaterina, könntest du mir mehr über meinen Vater erzählen?»

Sie sieht mich direkt an.

«Antonio war ein besonderer Mann, Rocco. Er hatte Glanz, Charisma, war höflich und gebildet. Und er war herzensgut, fast zu gut, auch für die Partei. Er war von einer anderen Welt. Deine Mutter hat er über alles geliebt, er wollte immer nur sie. Er hat an die kommunistische Sache geglaubt, das war sein Lebenswerk.»

Sie räuspert sich, blickt auf die Zigarettenschachtel in meiner Hand. Ich halte ihr noch eine hin, sie nimmt an, ich gebe ihr Feuer und warte, was kommt.

«Dein Vater war ein treuer Idiot, man muss es leider so sagen, und das wurde ihm zum Verhängnis. Die Partei hat ihn verändert, kaputtgemacht, mit ihrem Gift besprüht. Dieses Gift hat er inhaliert.»

Ich schlucke. Wovon redet sie? Mein Mund wird trocken.

«Jekaterina, was ...»

«Tut mir leid, Rocco, ich wollte dich nicht durcheinanderbringen. Würdest du mich bitte entschuldigen? Ich glaube, die ersten Gäste kommen.»

Sie lässt mich in der Küche zurück, ohne meine Antwort abzuwarten.

Ich zücke mein Telefon, drei ungelesene Nachrichten – von Hassan.

«Hey, ich hoffe, es läuft alles gut.»

«Wenn du was brauchst, lass es mich wissen.»

«Ich denk an dich.»

Er denkt an mich? Was soll ich ihm zurückschreiben? Ich tippe:

«ich vermisse dich», lösche es – zu früh, zu needy, zu ehrlich. Ich tippe erneut in mein Display:

«alles gut hier, also eigentlich nicht alles gut. längere geschichte.»

Senden.

«Was machst du?»

Senden.

Ich sehe die drei Punkte im Nachrichtenfeld, er antwortet schon, ich werde nervös, die Punkte verschwinden, dann tauchen sie wieder auf, schreib endlich diesen beschissenen Satz, denke ich, da flackert die Nachricht schon blau auf.

«Komm heute Abend zu mir, falls deine Mutter dich rauslässt.»

Ich will am liebsten sofort weg von hier, aber das geht nicht. Meine Mutter braucht mich.

«ich versuche alles, will dich sehen, dich küssen.» Ich redigiere mich selbst:

«ich gebe alles!»

Senden.

Seine Antwort?

Auberginen-Emoji, Pfirsich-Emoji, Zwinger-Zungen-Gesicht-Emoji.

Okay, ich hab die Botschaft verstanden, sie erregt mich, ich muss heute Abend zu ihm. Ich will.

Dann gehe ich aus der Küche und schaue nach, ob meine Mutter schon zurück ist.

46

Ich stehe auf, meine Mutter ist schon zu lange fort, ich suche die Toilette, öffne Türen, die zu Schlafzimmern und Kammern führen, schließe sie vorsichtig wieder, bis ich bei der richtigen angelangt bin. Ich klopfe leise an.

«Ich bin es, Ma.»

Ich höre, wie sich der Schlüssel im Schlüsselloch dreht, meine Mutter putzt sich die Nase.

«Bin ich im Gesicht verschmiert?», fragt sie.

«Nur ein bisschen.»

«Holst du mir meine Tasche, Schatz?»

Ich gehe los, komme mit der Tasche zurück, reiche sie ihr.

«Danke. Das Licht ist furchtbar hier.»

Sie zückt ihren kleinen Spiegel, ich schaue ihr dabei zu, wie sie routiniert und präzise ihr Make-up auffrischt.

«Ist alles okay? Kann ich was tun?»

«Danke, alles wird gut, alles ist gut.»

Sie malt ihre Lippen blutrot an, der letzte Hauch, und sie ist wiederhergestellt. Sie nimmt ein bisschen Toilettenpapier, faltet es in der Mitte, presst ihre Lippen darauf, wirft es in die Toilette, spült.

«Wie sehe ich aus?»

«Als ob nichts passiert ist», lüge ich. Ihre Augen versprühen keinen Glanz, sie verraten sie, aber ich kann es ihr nicht sagen.

«Na dann, lass uns zurückgehen, Rocco.»

Sie gibt mir einen Kuss auf die Wange, ich drehe mich um, als sie noch leise hinzufügt: «Danke.»

Wir laufen an den Kammern, den Schlafzimmern vorbei zur Küche. Meine Mutter sieht Jekaterina am Herd, geht zu ihr, umarmt sie – lange. Ich bleibe wie angewurzelt stehen, weiß nicht, ob ich ins Wohnzimmer gehen oder hierbleiben soll. Muss ich meiner Mutter und Jekaterina Raum geben?

Ich gehe zum Balkon, zünde mir eine Zigarette an.

Mein Telefon vibriert, ich ignoriere es, dann schaue ich doch drauf, meine App benachrichtigt mich, um mir zu sagen, wie viele Herzchen ich auf Instagram bekommen habe. Ich rauche in Ruhe zu Ende.

Ich finde meine Mutter im Wohnzimmer, setze mich neben sie auf die Couch, nehme ihre Hand, küsse sie auf die Wange.

«Du stinkst nach Rauch», sagt sie.

Ich verdrehe die Augen und flüstere: «Bist du okay? Kann ich was tun?»

«Danke, mein Schatz, im Moment nicht.»

Ihr Gesicht hat sich erneut verändert, es wirkt konzentriert, leicht angespannt. Sie ist eine Kriegerin, die in die Schlacht zieht und ihre Strategie auf keinen Fall preisgeben will.

47

Liebe Cruci,

es gab Dinge, die ich dir nie erzählt habe; Dinge, die ich für mich behalten habe, um dich zu schützen, um dich nicht in Gefahr zu bringen, um dich nicht von Antonio zu entzweien. Politik ist ein dreckiges Geschäft, und es ist alles komplexer, als es auf den ersten Blick scheint. Jetzt ist es zu spät, und ich möchte nicht über andere sprechen. Sondern nur über dich und mich.
Ich weiß nicht, ob ich dir diesen Brief schicken werde, aber es ist mir wichtig, meine Gedanken aufzuschreiben zu dem, was passiert ist, was uns getrennt hat. Vielleicht schreibe ich es mehr für mich, vielleicht will ich mich in diesen dunklen Stunden vergewissern, dass es nicht nur meine Schuld war, vielleicht will ich auch Absolution, etwas, das mir in meinem Leben nie wichtig war, aber jetzt wünsche ich es mir.
Und während ich hier sitze und dir schreibe, meine Katze Nilde neben mir schnurrt, der Dampf aus meiner Teetasse um mein Gesicht weht, scheint mir die Zeit gekommen, dir (oder mir) zu schreiben.
Wir haben zugelassen, was wir nicht hätten zulassen dürfen. Ein Mann hat sich zwischen uns gestellt. Erinnerst

du dich noch, wie wir in Frattocchie darüber sprachen, dass wir zusammenbleiben würden, dass nichts auf der Welt unsere Freundschaft zerstören könnte? Erinnerst du dich? Wir saßen unter dem Oleanderbaum, redeten über deine, eure Beziehung und schworen uns, dass wir so etwas niemals zulassen würden. Du wolltest mich beruhigen, mich ruhigstellen, mir die Angst nehmen, dass Antonio der wichtigste Mensch in deinem Leben werden könnte, dass er mich ersetzen, mich ausradieren würde. Du warst naiv. Aber ich war dumm, denn ich habe dir geglaubt.

Dieser Brief soll dir keine Schuld geben, ich kann mir vorstellen, wie es ist, so zu lieben, wie du geliebt hast. Einmal ist mir das auch passiert, es war eine platonische Liebe, die meinen ganzen Körper, meinen Kopf, mein Herz elektrisiert hat.

Nun fühle ich mich wie eine Witwe, die sich in Schwarz hüllt, um der Welt ihren Schmerz zu zeigen. Aber die anderen interessieren sich nicht für diese Witwe, denn sie sehen in ihr eine alte Hexe, die zu zerstören imstande ist.

Die Wahrheit ist, du hast mich ab dem Moment verlassen, als du dich für Antonio entschieden hast. Ich wollte glauben, du könntest alles haben, Antonio und mich, aber du hast nicht alles bekommen. Du hast eine Familie gegründet, du hattest einen Mann und deine Arbeit. Aber alles Politische, das dich so entflammt hat, hast du hinter dir gelassen. Du bist deinen Weg gegangen. Wie immer, wenn du dir etwas in den Kopf gesetzt hast, hast du einfach gehandelt, ohne einen Moment innezuhalten und

zu überlegen, was daraus folgen könnte, für andere, aber vor allem für dich.
Und du?, wirst du fragen, wenn du jemals diesen Brief lesen solltest.
Ich? Ich habe einen Fehler nach dem anderen begangen, aber der größte war, nicht aufrichtig mit dir gewesen zu sein. Nicht grundsätzlich – ich habe mich dir ja geöffnet, mich verletzlich gezeigt, wie niemand anderem sonst gegenüber; nein, ich meine, was meine wahren Beweggründe betrifft für das, was du als Verrat bezeichnet hast.
Cruci, ich habe dich verraten und mir eingebildet, es für die größere Sache zu tun, für etwas so Profundes, das dich, mich, unsere Freundschaft transzendiert. Aber es war eine Lüge, die ich mir zurechtgelegt hatte, um die Situation für mich erträglicher zu gestalten. So, wie wir manchmal unsere kleinen Unwahrheiten vor uns selbst wiederholen, um am nächsten Tag noch aufstehen und beim Zähneputzen in den Spiegel schauen zu können. Aber, Cruci: Ich wollte nicht den nächsten Mann in einer Spitzenposition der Partei, wo es offensichtlich Frauen gab, die qualifizierter waren – zum Beispiel dich. Hast du darüber einmal nachgedacht?
Ich war wütend: auf dich, besonders aber auf Antonio, ich hab ihm die Schuld an allem gegeben. Er hat dich mir weggenommen, und er hat sich vor allem nicht als der Freund bewährt, den ich in Frattocchie kennengelernt hatte. Deutschland hat euch beide verändert, dieses Land hat euch in seinen Bann gezogen, und ihr habt euch nicht

wehren können. Oder nicht wehren wollen, ich weiß es nicht genau.
Aber es ist egal, es ist ohnehin zu spät, alte Rechnungen zu begleichen. Antonio ist von uns gegangen, und mich schmerzt nichts mehr, als in dieser schwierigen Zeit nicht für dich da gewesen zu sein. Ich hätte es tun sollen, ich hätte auf seine Beerdigung kommen und dich trösten sollen. Und ob du es glaubst oder nicht, ich hätte mich auch gerne von ihm verabschiedet. Er war auch mein Freund gewesen, bei allen Streitereien, bei allen Machtspielen habe ich das nicht vergessen.
Ich hatte nicht den Mut zu kommen. Ich bereue wenig im Leben, aber das schon. Du hast auf all meine Briefe, in denen ich dich um Verzeihung bat, nicht reagiert.
Ich bin einfach nur alleine. Ich habe niemanden, auch wenn Jekaterina sich rührend um mich kümmert. Meine Mutter ist vor sieben Jahren gestorben, zu ihr hatte ich nach dem Tod meines Vaters eine enge Verbindung. Einmal die Woche ging ich in ihre Wohnung, die auch mal meine gewesen war, und wir sprachen miteinander wie Freundinnen.
Ich vermisse ein bisschen, das nicht mit meinem Vater gehabt zu haben. Ihm war meine Karriere ein Dorn im Auge, vor allem, als ich einen wichtigeren Posten bekam als er. Ich weiß nicht, warum, sind Männer wirklich so dumm? Korrumpiert sie die Macht? Bleiben sie für immer verwöhnte Kinder? Können sie Frauen, die nicht die Rolle der heiligen Mutter zu spielen bereit sind, einfach nicht ertragen? Und ja, ich wollte auch Teil der Macht sein.

Jetzt, wo ich krank bin, wo der Krebs sich von meinen gesunden Zellen ernährt, erscheint mir das alles unsinnig. All die Streitereien, wofür waren sie gut? Was haben wir durch sie erreicht? Warum den ganzen Groll hegen?
Dieser Groll hat mich krank gemacht, die Wut, die ständigen Kämpfe. Sie haben sich in meinen Körper gefressen, unverwüstliche Spuren hinterlassen. Aber ich bin mit der Zeit nicht bitterer, sondern sanfter geworden, in guten Momenten würde ich sogar sagen: gutmütig. Kannst du dir das vorstellen: ich, sanft?
Dennoch bin ich wütend, ich hasse noch, es treibt mich an, gibt mir die Kraft, morgens aus dem Haus zu gehen, an der Uni zu unterrichten und hoffentlich der nächsten Generation etwas mitzugeben. Sie sollen aus unseren Fehlern lernen, wir haben so viele gemacht. Ich kann sie gar nicht alle aufzählen.
Wir haben uns selbst verraten, den ursprünglichen Gedanken der Partei. Wir haben einfach das Wort Kommunismus aus dem Namen gestrichen, weil wir nach dem Fall der Berliner Mauer nicht mehr damit in Verbindung gebracht werden wollten. Aber schau dir an, was passiert ist. Mit dem Verzicht dieses Wortes haben wir der Partei erlaubt, wie alle anderen zu werden. Sie hat keine Werte mehr, sie lässt sich alles vom Markt diktieren.
Entschuldige, ich fange an zu dozieren, und ich erzähle dir ja nichts Neues. Du weißt es eh, und ich hoffe sehr, dass du mir insgeheim zustimmst. Dass du immer noch die Cruci bist, deren Augen leuchten, wenn sie die Texte von Gramsci und Marx liest, die immer noch Alexandra

Kollontai bewundert. Weißt du noch, wie wir das erste Mal ihre Schriften entdeckt haben, wie glücklich wir waren? Ich habe so viel von ihr in mir, das bilde ich mir ein. Sie, die große russische Revolutionärin, die erste Ministerin und Botschafterin der jüngeren Geschichte, Feministin durch und durch, alleinerziehende Mutter und Volkskommissarin für soziale Fürsorge. Sie, die das Eherecht gelockert hat, den Mutterschutz verbesserte, das Recht auf Schwangerschaftsabbruch vorantrieb. Die die freie Liebe propagierte und ein reges Sexualleben führte, so heißt es jedenfalls. Die Ehe und traditionelle Familie als Vermächtnis einer beklemmenden, auf Eigentum fundierten Tradition ansah. Sie, die ewige Sozialistin, engagierte Schriftstellerin, Aktivistin. Ich habe viel von ihr und gleichzeitig nichts, denn leider wird von mir nichts bleiben. Es ist passiert, wovor ich immer Angst hatte: Ich bin eine Fußnote in der Geschichte der Partei, niemand interessiert sich für mich, für uns, Cruci, für unsere Geschichte.

Wärst du noch meine Freundin, würdest du mich jetzt beruhigen, mir sagen, dass es nicht stimmt. Du würdest mich auf die Reden, Aufsätze und akademischen Arbeiten aufmerksam machen, die ich geschrieben habe. Aber ist das mein Vermächtnis? Ich denke nicht. Du weißt, ich wollte immer ein Vermächtnis, ich wollte wie die Männer eins haben. Dich hat das nie interessiert, aber du hast eins, du hast deine Kinder, Rocco und Rosa. Über Rocco habe ich im Internet geforscht. Er sieht aus wie Antonio, er hat seine Gesichtszüge, aber seine Augen zeigen dein

Feuer. Ich weiß nicht, wie euer Verhältnis ist, ich hoffe, gut. Er hat auf seinem Instagram-Account Bilder von einer Erster-Mai-Demonstration hochgeladen. Ich kann es mir nicht erklären, aber ich war stolz auf diesen jungen, hübschen Mann, den ich nicht kenne, der aber auf seinem Instagram-Profil einiges über sich erzählt. Ich hoffe, er interessiert sich für deine Geschichte. Tut er das?
Du hast ein Vermächtnis hinterlassen, deine Kinder, und ich bin ein bisschen neidisch, auch wenn ich nie eigene Kinder haben wollte. Aber zu wissen, dass dein Sohn vielleicht etwas von deiner, unserer Geschichte in sich trägt, hat mich traurig gemacht, weil ich ihn nie kennenlernen werde. Dennoch würde mich nichts glücklicher machen, als dass Rocco dein Erbe in sich trägt und es weitergibt. Ich weiß, ich rede wie eine alte, verrückte Frau, und vielleicht bin ich das auch: eine alte Frau, die die Vergangenheit nicht ruhen lassen will. Aber du kennst mich, ich muss erst sterben, damit ich aufgebe, und wie das Schicksal es will, wird das bald passieren.

Ich habe keine Angst vor dem Tod, ich habe mein Leben so gelebt, wie ich es für richtig gehalten habe. Und ich hoffe, du kannst dasselbe von dir behaupten.

Ich vermisse dich jeden Tag und denke immer an dich.

Alles Liebe,
deine Lucia

48

Sie schraubt die Kappe auf den Füllfederhalter, pustet über die vollgeschriebenen Seiten, faltet sie akkurat in drei Teile, steckt sie in einen Briefumschlag. Sie leckt über die Gummierung, «Autsch», sie spürt einen metallenen Geschmack im Mund, berührt mit dem Finger die Lippen, sieht das Rot auf ihren Kuppen, schließt schnell den Briefumschlag, wischt sich die Hände an der Jeans ab.

Sie nimmt den Füller erneut zur Hand, schreibt «Für Cruci» auf den Umschlag, trinkt einen Schluck Tee und geht ins Schlafzimmer.

Lucia legt sich aufs Bett, schmiegt sich in die Laken, ihre Augen benetzen sich mit Flüssigkeit, sie nimmt alles nur noch verschwommen wahr. Sie schaut aus dem Fenster, die Dunkelheit hat sich ausgebreitet, nachts ist es immer am schwersten für sie. Sie stößt einen Seufzer aus, zum Glück lebt sie allein, muss sich nicht zusammenreißen, kann tun und lassen, was sie will. Sie versucht, sich Mut zu machen. Jetzt will sie einfach hier im Bett versinken, will das Gewicht des Lakens auf ihrem Körper spüren, eintauchen, sich gehenlassen, an nichts mehr denken.

Lucia streicht sich durch die Haare, es kitzelt. Wie stolz war sie als junge Frau auf ihre langen, dunklen

Haare, und jetzt ist alles kurz geschoren, als ob sie sich zum Militärdienst anmelden würde. Sie merkt, wie die Kraft aus ihrem Körper weicht.

Nilde tapst ins Zimmer, sie hört die Pfoten auf dem Parkett, die Matratze gibt kurz nach, und schon hat sie das Gesicht der Katze vor sich. Wer wird sich um Nilde kümmern, wenn ich nicht mehr bin, denkt Lucia – und schließt die Augen.

Sie wacht auf, die Sonne streichelt ihr Gesicht, Nilde liegt wie ein Pompon neben ihr, sie spürt die Wärme und den trockenen, nach Fleisch riechenden Atem der Katze, sie streckt die Arme aus, schaut runter. Sie hat immer noch die Kleidung von gestern Abend an. Hat sie die Kerzen gelöscht? Sie steht auf, und bevor ihre Füße den Boden berühren, wird ihr schwindelig, sie humpelt ins Wohnzimmer, stößt sich an der Kommode den Zeh, schreit kurz auf, geht weiter.

Auf dem Schreibtisch liegt der Brief. Soll sie ihn abschicken? Nein, heute wird sie nicht zur Post gehen, eine Nummer ziehen, sich in die Schlange stellen, mit all den fremden Leuten in dem heißen Gebäude warten, nur um nach einer Briefmarke fürs Ausland zu fragen. Das wird sie nicht tun. Der Brief kommt ohnehin erst an, wenn sie tot ist, so lange, wie die Post hier braucht.

Sie legt den Brief unter ihre Schreibtischunterlage, sie wird Jekaterina bitten, ihn Cruci zu geben. Der Inhalt wird Cruci aufregen, das weiß sie. Aber darauf kann sie keine Rücksicht nehmen, sie muss niemanden mehr schonen. Cruci ist stark genug, damit zurechtzukommen.

So sieht Lucia es, und niemand wird sie an ihrem Plan hindern. Sie wird noch heute bei Jekaterina anrufen und sie um diesen letzten Gefallen bitten. Aber erst mal hat sie Lust auf einen Kaffee.

49

Hassan lebt in einem besetzten Haus nahe dem Tiber, abgelegen, aber nicht zu weit entfernt von der Innenstadt. Ich war schon mal dort, habe dort übernachtet, erinnere mich aber an nichts.

Vor Hassans Haus springen mir als Erstes die großen Lettern auf dem Dach ins Auge: «Corse di Levrieri» – Windhundrennen. Darunter Panels mit verschiedenen Motiven und Symbolen, alles schwarz-weiß, sie sehen aus wie in Stein gemeißelt, wie ein Relief. Diese Bilder hypnotisieren mich. Ein Kleriker mit Oktopusarmen, die aus seinem Gewand ragen und Geldscheine festhalten; Ku-Klux-Klan-artige Gestalten, die sich die Hand reichen; schwer bewaffnete Soldaten, die über Schädel stampfen; die Göttin Justitia, die ein Gehirn in der Hand hält; ein Durchschnittsbürger in Flipflops vor dem Fernseher, einen Teller Pasta im Schoß, er legt einen Wahlzettel in eine Urne und hält in der anderen Hand die Fernbedienung.

Die kalte Luft kriecht meine Jeans hoch, ich klingele an der Tür, eine Frau mit Dreadlocks macht auf, ich bin sofort genervt, ich ertrage Weiße mit Dreadlocks nicht.

«Hallo, ich bin Rocco, ein Freund von Hassan», sage ich.

Sie lächelt mich an, so freundlich.

«Komm rein!», sagt sie, «wir essen gerade was, hast du Hunger?»

Ich folge ihr in die Küche, Hassan sitzt am Tisch, gestikuliert wild.

«Hassan! Hassan!», ruft die Frau, «du hast Besuch.»

Er steht auf, küsst mich auf den Mund.

«Das ist Rocco, Leute, und Rocco, das sind Stefania, Marco, Roberta, Lorenzo, und Minnie hast du schon kennengelernt.» Er nimmt meine Hand, führt mich raus zur Treppe, stößt mich gegen die Wand. Drückt seinen Körper gegen mich, küsst mich mit Zunge, hält meine Arme fest, ich schließe die Augen.

«Wie, kein Hallo? Wie geht es dir? Wie war dein Tag?», sage ich, als ich sie öffne.

Er lacht, nimmt meine Hand, wir laufen die Treppe hoch, dritte Tür rechts, sein Zimmer, er hat aufgeräumt, er schließt die Tür, ich stehe vor seinem Bett, er kommt wieder zu mir, küsst mich, lässt seine Zunge in meinem Mund tanzen, als sei sie auf Ecstasy. Ich habe keine Zeit, es cool zu spielen. Ich will ihn.

Er reibt sich an mir. Unsere Jeans vereinen sich. Langsam. Und schnell zugleich. Habe keine Zeit, ihn daran zu hindern, mein T-Shirt auszuziehen.

Bett.
Erster Jeansknopf.
Zunge auf meinem Gesicht.
Nippel.
Brustkorb.

Lenden.
Haarsträuben. Feucht und warm. Seine Zunge kommt zurück.
Immer. Wieder.
Ich öffne meinen Mund. Als ob ich eine Hostie empfange. Ich schaue in seine schwarzen Augen. Habe Angst. Kontrolle zu verlieren.
Nächster Jeansknopf.
Wir ringen.
Bin auf ihm. Könnte mich hingeben. Sein nackter Oberkörper bildet Mulden an den richtigen Stellen. Beiße leicht auf seine Unterlippe. Küsse seine zwei Goldketten um den Hals. Keine Geduld für Vorspiel. Jeans an meinen Füßen. Sneakers noch an.
Öffne Reißverschluss.
Nackt.
Ich tauche ab. Nehme auf. Muss fast husten. Schnappe nach Luft. Spucke aus. Als ob wir alleine unter Wasser sind. Tauchen.
Nur noch Blau.
Scheiß auf Kontrolle.
Ich gehorche. Sein Stöhnen ist mein Sauerstoff.
Schnell.
Langsam.
Schneller.
Pause.
Er wischt sich mit der Hand über den Mund. Kleine Tropfen auf seinem schwarzen Haar.
Dicht wie ein Wald.

Sein Blick. Der Blick eines Verliebten?
Ich bilde es mir ein.
Die Lust ist groß. Das Fleisch ist schwach.
Das Kissen fängt mich auf.
Ich kann nicht mehr.
Ich spüre nur noch.
Lasse los.
«Soll ich?»
Kalt.
Klatschen.
Kondom.
Gleitgel.
Gesicht verzerrt. Das Kissen raschelt. Ich höre die harten Stöße. Die weichen. Die schnellen. Die langsamen.
Schweiß von seiner Stirn auf meinem Gesicht.
Keine Gewissheiten mehr.
Wer bin ich?
Wie viel Zeit ist vergangen?
Will ihn für immer spüren.
Wechsel.
Zwei Zentimeter. Keine Spuren von Schmerz. Fünf Zentimeter. Einatmen. Ausatmen. Sechzehn.
Nur noch Verlangen.
Sein Anblick zerstört mich. Fühle mich unrhythmisch.
Sein Stöhnen motiviert mich.
Zweisamkeit.
Weiß. Ich nehme auf. Muss alles spüren.
Schmecken.

Erfahren.
Von ihm.
Nebel im dunklen Wald.
Er reicht mir eine Zigarette.
«Hallo? Wie geht es dir? Wie war dein Tag.»
Es wird dunkel.

50

Wo bin ich? Wie bin ich hierhergekommen? Warum habe ich das Gefühl, diesen Ort zu kennen und nicht zu kennen?

Auf genau diesem Boden standen meine Eltern, vor über dreißig Jahren. Ich wünschte, meine Mutter wäre jetzt hier, um mich zu sehen. Sie wollte im Hotel alleine bleiben. In Ruhe packen für morgen. Was würde sie empfinden, mich hier zu sehen?

Ich stelle mir vor, wie sie und Lucia businesslike diese Treppen hoch- und runtergingen, kurz den Typen zunickten und dann raus in die Sonne, um ihre nächste Strategie zu besprechen. Wie mein Vater meine Mutter zum ersten Mal hierherführte. Wie er an diesem Ort, den er so liebte, Vorträge hielt, mit seinen für ihn typischen, leicht hochgerollten Hemdsärmeln.

Wahrscheinlich lief es alles ganz anders ab.

Ich stehe auf dem goldenen, fünfzackigen Stern, ich schließe die Augen, will mir vorstellen, wie es war. Den Empfang, das hässliche Drehkreuz blende ich aus, die Männer in Anzügen lasse ich verschwinden. Ich atme ein, ich atme aus, ich öffne die Augen, links vor mir an der Wand sehe ich Bronze, Gold, Glas, Blei, Granitstein, Sichel, Hammer; einen Faden, an dem eine Doppelpyramide hängt, die Aufschrift «Für die Bauherren», eine blutrote Flagge mit schwarzer Schrift «Republique Francaise – Commune de Paris».

Alles passt geometrisch perfekt zusammen, Moderne und Vergangenheit. Alles scheint vereint in diesem Moment, und ich habe es mit meinem Blick in Gang gebracht. Meine Augen werden feucht, ich wische mir mit dem Handrücken die Tränen ab, am liebsten würde ich auf die Knie gehen, bin ehrfürchtig, aber warum? Ich habe noch nie so etwas Schönes gesehen, es blendet mich, es schmerzt.

Ich frage den Menschen am Empfang, ob ich mir auch den dunklen Gramsci-Kopf anschauen darf, hinter dem Drehkreuz links auf der anderen Seite. Er überlegt, nickt, sagt: «Aber nur kurz.» Ich kann den Mann nicht beschreiben, er ist unwichtig, noch nicht mal eine Nebenfigur in meiner Geschichte, obwohl er so nett war, mich hier überhaupt reinzulassen. Aber jetzt gerade muss ich mich um Wichtigeres kümmern, muss die Vergangenheit aufsaugen, wo sie sich mir so kostbar offenbart. Die Gelegenheit ergreifen. Vielleicht kommt sie nie wieder.

Ich stehe vor der schwarzen Büste ohne Hals, die auf einem schmalen Travertinsockel ruht, dahinter in großer Schrift:

AD ANTONIO GRAMSCI CHE AI LAVORATORI
AI FRATELLI AI CARNEFICI SVOI – PVR NELLA
OSCVRITÀ DI VNA CELLA – ILLVMINO CON
L'IMPLACATO INTELLETTO LA STORIA D'ITA-

LIA – LA VIS … E DEL MONDO IL CAMMINO
DEL. OSTRA VITTORIA I COMPAGNI NEL …
DELLA SVA MORTE XV ANNIVERSARIO
XXVII APRILE MCMLII.

Ich kann nicht alles lesen, weil die Büste ein paar Wörter verdeckt. Ich versuche zu übersetzen, es gelingt mir halb:

An Antonio Gramsci, der den Arbeitern, den Brüdern und seinen Henkern – selbst in der Dunkelheit einer Zelle – mit unerbittlichem Verstand die Geschichte Italiens beleuchtete …

Eine Nummer kleiner geht es nicht, denke ich, typisch Italien. Da spüre ich seinen Blick auf mir, Gramsci schaut mich an, seine Augen durchdringen mich. Ich frage mich, wieso er keine Brille trägt, wieso die Frisur irgendwie so veraltet aussieht, selbst fürs zwanzigste Jahrhundert, aber dann – wie kann ich mir so sicher sein?

Ich blicke zurück, erkenne Trauer in seinen Augen. Plötzlich sehe ich Tränen, rote Tränen, die sein Gesicht herablaufen. Ich weiß, das kann nicht sein. Ich komme mir vor wie meine sizilianische Oma, die bei jeder Madonnenstatue Tränen aus Blut entdeckte. Sie hatte mir, als ich klein war, die Geschichten aller rote Tränen weinenden Madonnen erzählt, der Madonna von Syrakus, der Madonna von Civitavecchia und so weiter. Aber dass aus kommunistischen Büsten zinnoberrote, kommunistische Tränen fließen, davon hat noch nie jemand gehört.

Ich werde verrückt, so muss es sein, es geht nicht anders. Ich kneife die Augen zusammen, öffne sie langsam, Gramsci weint immer noch, was hat er überhaupt zu heulen? Wieso jetzt?

Ich schließe noch mal die Augen, kehre Gramsci den Rücken. Es ist zu viel, alles, ich bin zu schockiert, ich fotografiere nichts.

Der Mann am Empfang schaut mich entsetzt an.

«Geht es dir gut?»

«Danke, ich glaube ja, ich hab nur was ... Egal. Alles gut. Sagen Sie, was ist hier in diesem Gebäude eigentlich alles drin?»

«Verschiedenes: ABIservizi, Bancomat Spa, CBI, ABI Lab.»

«Entschuldigung, ich verstehe nur Bancomat. Was sind die anderen, sind das Firmen?»

«Ja, aus dem Finanzwesen, Dienstleistungsunternehmen der italienischen Bankenvereinigung, die Zentrale von Bancomat, Bankenförderungen, ein Forschungsinstitut für Banken, ja, ich glaube, das sind alle.»

«In der ehemaligen Zentrale der Kommunistischen Partei sind jetzt alle möglichen Bank- und Finanzunternehmen angesiedelt? Sagen Sie mir das gerade?»

«Genau, mein Junge, warum wundert dich das?» Er spricht so zart zu mir. Plötzlich wird er zu meinem Anker. Mein einziger Bezugspunkt in diesem Raum.

Ich zucke mit den Schultern, er hat recht, warum juckt mich das? Was habe ich schon damit zu tun? Ich war nie zuvor hier, ich habe keine Erinnerung, und trotzdem fühle ich die Magie. Ich glaube nicht an diesen Quatsch, aber Gramsci hat Blut geweint, weil er mir etwas sagen wollte.

Ich weiß wenig, doch um mich geht es nicht. Zum Glück ist mein Vater tot, denke ich, und muss das nicht mit ansehen. Zum Glück ist meine Mutter nicht mitgekommen, sie hätte es nicht ertragen. Aber warum gerade ich?

«Junge, du musst jetzt wirklich gehen, sonst kriege ich Ärger», höre ich die Stimme des Pförtners sagen.

Ich sammele mich.

«Natürlich. Tausend Dank, dass ich mir das anschauen durfte. Schönen Tag noch.»

«Dir auch, pass auf dich auf.»

Ich stehe wieder auf der Straße.

ZITATNACHWEISE

S. 97: Donatella Rettore, Splendido Splendente, Text Donatella Rettore

S. 111: Antonio Gramsci, Democrazia operaia, 1919, in der Übersetzung von Enrico Ippolito

S. 117 f.: Mina, Tintarella di Luna, Text: Franco Migliacci

S. 160: Bandiera Rossa, Text Originalfassung unbekannt. Deutsche Übersetzung von Walter Dehmel

S. 180: Mario Mieli, Elementi di critica omosessuale, 2017, in der Übersetzung von Enrico Ippolito

S. 217: Tennessee Williams, Endstation Sehnsucht